KB236369

1리터의 눈물

1리터의 눈물

눈꽃처럼 살다 간 소녀, 아야의 일기

키토 아야 지음

정원민 옮김 | 조안나 그림

옥당

1리터의 눈물

지은이 키토 아야
옮긴이 정원민
그린이 조안나

1판 1쇄 발행 2011년 11월 28일
1판 12쇄 발행 2016년 4월 5일

발행처 도서출판 옥당
발행인 신은영
등록번호 제300-2008-26호
등록일자 2008년 1월 18일
주소 경기도 고양시 일산동구 장항동 742-1 한라밀라트 B동 215호
전화 (02)722-6826 팩스 (031)911-6486

값은 표지에 있습니다.
ISBN 978-89-93952-34-6   43830

홈페이지 www.okdangbooks.com
이메일 coolsey@okdangbooks.com

조선시대 홍문관은 옥 같이 귀한 사람과 글이 있는 곳이라 하여 옥당玉堂이라 불렸습니다.
도서출판 옥당은 옥 같은 글로 세상에 이로운 책을 만들고자 합니다.

이 도서의 국립중앙도서관 출판시도서목록(CIP)은 e-CIP 홈페이지(http://www.nl.go.kr/ecip)에서
이용하실 수 있습니다. (CIP 제어번호: 2011004840)

지금 이 순간을 사랑해 주세요

불치병과 싸우면서 쓴 일기를 책으로 내자고 이야기했을 때, 아야는 "다른 사람에게 보여 줄 만큼 훌륭한 삶도 아니고, 늘 울기만 하는데요. 건강할 때 더 많은 일을 했으면 얼마나 좋았을까 하고 늘 아쉬워하는 얘기인데." 하며 부끄러워했습니다.

아야의 말처럼 이 책에는 자랑할 만한 훌륭한 인생 이야기도, 특별한 교훈도 담겨 있지 않습니다. 그저 몸의 운동 세포가 조금씩 죽어 가는 불치병인 '척수소뇌변성증'을 앓고 있는 소녀 아야의 일상이 담겨 있을 뿐입니다.

하지만 아야는 내일 눈을 뜰 수 있을까 하는 두려움 속에서도 자신에게 주어진 삶의 조건을 이해하려 노력했고, 병에 걸린 운명을 탓하면서 시간을 보내기보다 '불편한 몸이지만 무엇을 할 수 있을까?', '어떻게 하면 좀 더 행복해질까?'라고 끊임없이 질문하며 답을 찾으려 했습니다.

내세울 것 없는 한 소녀의 소소한 일상이지만, 그런 아야의 모습에서 살아 있다는 것의 의미, 가족의 소중함 등을 다시금 발견한 독자가 꽤 많았습니다. 그래서 20년이란 긴 세월을 넘어 지금도 아야의 일기가 많은 독자에게 힘과 용기를 주는 것이겠지요.

우리 모두에게 생명은 단 하나뿐입니다. 그리고 누구와도 생명의 무게를 비교할 수 없습니다. 나와 남의 생명은 똑같이 존엄하기 때문입니다.

세상에는 살고 싶지만 살 수 없는 사람도, 다른 사람에게 의지하지 않으면 살아가지 못하는 사람도 있습니다. 내가 가진 단 하나뿐인 생명의 가치를 마음에 새겨야 합니다.

그리고 기쁨도 슬픔도 괴로움도 함께 나누고, 상처를 입으면 날개를 접고 편히 쉴 수 있게 해 주는 따뜻하고 사랑이 가득한 가족의 마음도 잊지 않길 바랍니다.

이 책이 우리가 너무 당연하게 여기는 '살아 있다는 것'의 의미와 가족의 소중함을 다시 생각하는 기회가 되길 진심으로 기도하며.

아야의 엄마,

키토 시오카

목 차

우리 가족을 소개할게요

열네 번째 생일이에요

오늘은 내 생일이다. 나도 이제 제법 컸다.

엄마 아빠, 지금까지 잘 보살펴 주셔서 고맙습니다.

이제부터 공부도 열심히 하고 더 건강해져서 엄마 아빠를 슬프게 하지 말아야지. 그러기 위해서라도 내 젊은 날의 시작을 소중히 여겨야겠다.

모레부터 캠핑을 한다. 열심히 공부해 둬야 홀가분한 마음으로 다녀올 수 있겠지? 힘내라, 아야. 아자!

드디어 새집이 완성됐다. 2층 동쪽의 넓은 방은 나와 동생 차지다. 천장은 흰색, 벽은 갈색이다. 창으로 내다보이는 바깥 풍경이 전과는 무척 다르게 느껴진다.

내 방이 생겨서 기쁘지만 한편으로는 방이 넓어서 왠지 썰렁하기도 하다. 오늘 밤에 편안하게 잠들 수 있을까?

새집에서 새로운 마음가짐으로 생활하려면 몇 가지 수칙을 정해야겠다.

1. 옷은 활동하기 편하게 티셔츠와 바지를 입자.
2. 매일 해야 할 일을 정하자.
   마당에 물 뿌리기, 잡초 뽑기, 딱 한 그루 심어 놓은 토마토 잎에 벌레가 있나 살펴보기. 국화 잎에 진드기가 있는지 살펴보고 있으면 바로 제거하기.
3. 공부를 소홀히 하지 말자.
4. 매일매일의 생활을 일기로 남기자.

이상!

우리 가족을 소개할게요

아빠 (41세) 좀 다혈질이긴 하지만 다정하다.

엄마 (40세) 존경하지만 정확하고 예리하게 급소를 찌를 때가 있어 무섭기도 하다.

나 (14세) 사춘기가 시작되어 여러모로 한창 힘든 나이이다. 한 마디로 말하자면 울보에 감정으로 똘똘 뭉친 인간이라고나 할까? 단순해서 잘 웃고 잘 운다.

여동생 (12세) 나에게 공부에서도 성격에서도 경쟁 의식을 느낀다. 그래도 요즘은 좀 덜한 편이다.

남동생 (11세) 아주 괴팍한 녀석이라 무서울 때도 있다. 동생 주제에 가끔 오빠처럼 군다. 우리 집 강아지 고로의 부모 구실도 한다.

남동생 (10세) 상상력이 아주 풍부하지만 경솔할 때도 있다.

여동생 (2세) 엄마를 닮은 곱슬머리에 아빠를 닮은 얼굴(특히, 8시 20분을 가리키는 시곗바늘 모양으로 처진 눈!)이 너무 귀엽다.

15살 아야의 일기
소리 없이
다가온 병마

눈물의 토카타

요즘 들어 왠지 모르게 살이 빠진다.

산더미 같은 숙제랑 자유연구 과제를 하느라고 밥을 제때 챙겨 먹지 못해서 그런가?

늘 생각만 하고 행동으로 옮기지 못해 고민이다. 모든 게 내 잘못이란 걸 알면서도 나아지기는커녕 에너지만 낭비한다. 아……, 그나저나 이제 살이 좀 붙었으면 좋겠다.

내일부터는 생활계획표가 휴지가 되지 않게 행동으로 옮겨야지. 아자!

부슬부슬 비가 내린다. 무거운 가방과 보조가방, 거기에 우산까지 들고 하는 등교는 정말 싫다.

'싫어, 정말 싫어!'라고 생각하는 순간, 집에서 100미터 정도 떨어진 좁은 자갈길에서 무릎에 힘이 풀려 그대로 엎어졌다. 자갈길 바닥에 턱을 심하게 부딪쳤다. 살짝 만져 보니 질척하게 피가 묻었다. 흩어진 가방과 우산을 챙겨 들고 집으로 돌아왔다.

"뭘 잊어버렸니? 서두르지 않으면 지각이야!"

엄마가 현관으로 나오면서 말하다가 깜짝 놀랐다.

"아야! 어떻게 된 거니?"

나는 아무 말도 못 한 채 눈물만 흘렸다.

엄마는 피투성이가 된 내 얼굴을 재빨리 수건으로 닦아 주었다. 찢어진 상처 부위에 모래가 박혀 있었다.

"어서 병원에 가야겠다."

엄마는 상처에 반창고를 붙이고는 서둘러 비에 젖은 내 옷을 갈아입혔다. 나는 반창고를 꽉 누른 채 차에 올랐다.

병원에서 마취도 하지 않고 두 바늘을 꿰맸다. 내가 멍청해서 이런 일이 생긴 거라 아파도 이를 악물고 참았다. 나 때문에 출근도 못 한 엄마에게 미안했다.

'운동신경이 둔해서 손이 앞으로 나가지 않은 건가?'

거울에 아픈 턱을 비춰 보며 생각했다.

그래도 턱 아래쪽 깊숙한 곳이라 다행이다. 아직 결혼도 안 하신 이 몸에 눈에 띄는 흉터라도 남는다면 어쩔 뻔했어?

나의 체육 성적은 중1 때가 3, 중2 때가 2, 그리고 중3 때는 1이다.

더 노력해야 하나? 아, 분하다!

여름방학 때 서킷 트레이닝(근육, 호흡, 순환 기능이 좋아지는 종합적인 체력 훈련법_옮긴이)을 해서 조금은 체력이 좋아졌을 거라 기대했건만, 역시 무리였나 보다. 하긴, 꾸준히 한 것도 아니니 당연한 결과인가? (어둠 속에서 "맞아!"라고 외치는 소리가 들려온다.)

아침에 부엌 창문에 걸린 노란색 레이스 커튼을 통해 들어오는 햇빛과 바람을 보니 눈물이 났다.

"왜 나만 이렇게 운동신경이 둔한 거지?"

오늘은 평균대 실기시험이 있는 날이다.

"그래도 우리 딸은 공부를 잘하니까 괜찮아. 좋아하는 과목을 살리면 되지 뭐. 영어를 잘하니까 철저히 파고들어 보렴. 분명히 쓸모가 있을 거야. 그러면 체육 성적이 1이라도 상관없을 거 아냐?"

눈물이 딱 멈췄다. 나에게는 아직 남아 있는 길이 더 많다.

몸이 생각대로 움직이지 않는다. 꼬박 다섯 시간이나 걸리는 숙제를 여태 안 해서 마음이 조급한 걸까? 그건 아냐. 내 몸속에서 무언가가 고장 나기 시작한 것 같아. 무서워! 무서워서 가슴이 졸아드는 것 같아.

눈물의 토카타(프랑스의 작곡가, 지휘자, 피아니스트인 폴 모리아가 작곡한 연주곡_옮긴이)는 정말로 좋은 곡이라서 푹 빠져 버렸다. 그 곡을 들으며 밥을 먹으면 음식이 꿈처럼 맛있다.

지금까지는 여동생이 심술궂다고만 생각했는데, 이제 보니 실은 다정한 아이라는 생각이 든다. 아침에 학교 갈 때 남동생은 나를 두고 척척 앞으로 가 버리는데, 여동생은 더딘 나랑 보폭을 맞춰서 걷는다. 그리고 육교를 건널 때는 가방을 들어 주고, "언니는 손잡이를 잡아."라고 말해 준다.

여름방학 기분도 거의 수그러든 어느 날. 저녁 식사 후, 정리를 끝내고 2층에 올라가려는데 엄마가 부른다.

"아야, 여기 좀 앉아 보렴."

뭔가 크게 야단맞겠구나 하고 잔뜩 긴장할 만큼 심각한 얼굴이다.

"아야, 요즘 상반신이 앞으로 불쑥불쑥 엎어질 것 같고, 좌우로 흔들흔들하며 걷는 것 같은데 너도 느끼니? 지켜보고 있었는데, 엄마는 왠지 걱정된다. 우리 병원에 한번 가 보는 게 어떨까?"

"…… 어느 병원에?"

나는 조심스럽게 물었다.

"꼼꼼하게 진찰해 줄 병원을 찾아볼 테니까, 그건 엄마한테 맡겨."

나도 모르는 사이에 눈물이 왈칵 쏟아졌다.

"엄마, 고마워요. 걱정 끼쳐서 죄송하고요."라고 말하고 싶었지만, 목이 메어 말이 나오지 않았다.

운동신경이 둔해서 그런 걸까? 밤에 너무 늦게까지 자지 않아서 그런 걸까? 식사가 불규칙해서일까?

혼자서 묻고 대답해 보지만 도무지 알 수가 없다. 병원에 가자고 하는 건, 역시 몸 어딘가가 나빠서일까? 이런 생각을 하니 눈물이 난다. 너무 울어서 눈이 다 아프다.

감기에 걸린 것 같다. 열은 있지만, 기분도 괜찮고 식욕도 좋다. 하지만 내 몸에 대한 자신감이 없어졌다. 체온계가 있으면 좋겠다. 내 건강 상태를 숫자로 확인해 보고 싶다. 아빠에게 부탁해야지.

나는 자주 몸이 아파서 동생들보다 두 배 이상으로 돈이 드는 딸이다. 어른이 되면, 건강해지면, 동생들에게 그만큼 갚아 줘야지. 엄마 아빠, 이렇게 보살펴 주신 만큼 이다음에 더 많이 효도할게요.

소원을 들어주세요

오전 9시 출발.

막냇동생이 아팠지만, 내가 병원에 가야 해서 어쩔 수 없이 어린이집에 보냈다. 불쌍한 내 동생.

오전 11시, 국립 나고야 대학병원에 도착.

세 시간 정도 기다리면서 책을 읽었지만, 긴장과 불안과 걱정으로 다른 때처럼 집중할 수가 없었다.

"소후 에이츠로 교수님께 전화해 두었으니까 걱정하지 말고 마음 편히 있어."

엄마가 다독이며 말해 주었지만…….

드디어 내 차례가 되자 다시 심장이 두근두근 뛰었다.

엄마가 의사 선생님께 내 상태를 설명했다. 넘어질 때는 보통 팔을 앞으로 뻗어 몸을 보호하는데, 그러지 않고 얼굴을 그대로 땅에 부딪쳐서 턱을 다친 것, 무릎이 잘 굽혀지지 않아서 걸음걸이가 불안한 것, 살이 빠진 것, 동작이 둔하고 민첩하지 못한 것 등. 엄마가 설명하는 내용을 듣다 보니 덜컥 겁이 났다.

늘 바쁘게 지내는 엄마가 이렇게나 자세히 나를 지켜보고 계셨다니……. 엄마는 내 모든 걸 꿰뚫어 보고 계셨구나.

그래, 이제 안심이다. 혼자 숨어서 걱정했던 내 몸 상태를 의사 선생님께서 아시니까 걱정이 없어질 거야.

둥근 의자에 앉아 선생님의 얼굴을 살폈다. 안경을 쓰고 있었는데, 웃는 얼굴이 다정해 보여서 안심되었다. 눈을 감고 양손을 옆으로 벌린 후, 양손 집게손가락을 세워서 서로 맞대어 보기, 발끝으로 서 보기, 침대에 누워 다리를 굽혔다 폈다 해 보기, 망치로 무릎을 톡 하고 때려 보기. 시키는 대로 하다 보니 어느새 진찰이 끝났다.

"CT를 찍어 보자."

선생님께서 말씀하셨다.

"아야, 아프지 않을 거야. 머릿속을 단면으로 잘라서 보는 기계란다."

엄마가 말했다.

"네? 머리를 단면으로 자른다고요?"

당사자에겐 큰일이잖아!

커다란 기계가 위에서부터 천천히 내려왔고, 우주선 캡슐 안에 들어간 것처럼 그 안으로 머리가 쏙 들어갔다.

가운을 입은 분이 "움직이지 말고, 가만히 누워 있으면 돼요."라고 말하기에 가만히 있었더니 꾸벅꾸벅 졸음이 몰려왔다. 한참을 기다렸다가 약을 받고 집으로 돌아왔다.

일과가 하나 더 늘었다. 약을 먹어서 건강이 좋아진다면 배가 부르도록 먹는다 해도 불평할 순 없겠지.

선생님 부탁드려요. 꽃이라면 꽃봉오리인 아야님의 인생이 망가지지 않게 힘이 되어 주세요!

병원까지는 거리도 멀고 학교도 가야 해서 한 달에 한 번씩만 진찰받기로 했다.

진찰도 안 빼먹고 시키시는 대로 잘할 테니 꼭 낫게 해주세요. 최고의 나고야 대학병원! 훌륭한 소후 에이츠로 선생님! 제 소원을 들어주세요!

남을 이해한다는 것

우리 중학교에서는 자몽을 재배한다. 오늘 자몽이 심어진 길에 잡초를 뽑으러 갔는데 남학생들이 내 걸음걸이를 보고 시비를 걸어왔다.

"뭐냐, 그 걷는 꼴이? 유치원생 같잖아."

"우와, 무리하는 거 아냐? 게걸음 흉내 내냐?"

화를 돋우는 말만 골라서 늘어놓고는 웃어 댄다. 물론, 무시해 버린다. 너희를 상대하다니, 이 몸이 그리 할 일이 없으시냐! 그렇지만 눈물이 나려는 걸 참느라고 정말 혼이 났다. 끝까지 눈물을 보이진 않았지만…….

오늘 너무나도 억울한 일이 있었다. 체육 시간이었다. 평소

대로 체육복으로 갈아입고 집합장소에 갔다.

"오늘은 1킬로미터 떨어진 공원까지 뛰어가서 농구 패스 연습을 한다."

선생님께서 말씀하셨다.

나는 가슴이 철렁했다. 뛰다니……. 패스라니……. 못 하는데……. 나는 못 하는데…….

"아야는 어쩔래?"

나는 고개를 떨군 채 아무 말도 하지 못했다.

"그럼, A랑 교실에서 자습하고 있어라."

A는 깜빡하고 체육복을 가져오지 않았단다. 선생님 말씀이 끝나자, 반 아이들이 와글와글 떠들어 댔다.

"우와! 자습이라고? 좋겠다!"

머릿속이 부글부글 끓어올랐다.

"그렇게 자습하고 싶으면 내가 바꿔 줄게. 대신 하루라도 좋으니까 나랑 몸을 바꿔. 운동하고 싶어도 못 하는 사람의 마음을 너희가 알기나 해?"

걸을 때마다, 그래, 한 걸음 내디딜 때마다 느끼는 불안정함, 불안감. 남들은 다 할 수 있는 일을 못 하는 굴욕감, 비참함.

그런 기분은 실제로 경험하지 못한 사람은 이해할 수 없는 걸까? 그런 기분을 이해할 수는 없더라도 조금이나마 처지를 바꿔 놓고 생각해 준다면…….

하지만 이내 '어려운 일일 거야.'라고 생각을 바꿨다.

나도 이렇게 되고 나서야 처음으로 알게 되었으니까.

나는 거의 개성이 없는, 흔해 빠진 생각만 하는 사람이라서 개성이 강한 사람을 동경한다. 한 사람 한 사람이 각자의 개성을 살리면서 서로 맞춰 간다는 건 너무 멋진 일이다.

우리가 사는 사회도 첩보영화 007처럼 저마다의 개성과 특기가 어우러져서 만들어진 것 아닐까?

우리가 사는 세상에는 개성 있는 사람이 필요해. 하지만 자기의 개성을 남에게 강요할 수는 없는 거야. 그러다가 괜히 서로 불편한 관계가 될 수도 있으니까. 사람에 따라 받아들이는 방식이 다르니까 말이야.

하굣길에 자전거 보관소에서 게이코를 만났다. 게이코는 내가 '야마토'와 '라스트 콘서트' 레코드를 들고 있는 걸 보고는 내 무거운 가방을 받아서 자전거 바구니에 넣어 주었다. 우리는 육교 아래까지 같이 간 다음 게이코가 볼일이 있다고 해서 헤어졌다.

나는 게이코의 그런 똑 부러진 성격이 참 좋은데, 다른 사람들은 게이코가 정이 없는 애라고 생각하는 것 같다.

행복은 어디에 있을까?

잠자리에 들면 여러 가지 일이 생각난다.

사회 과목 시간에 선생님께서 하신 말씀이다.

"괴롭힘당하는 것도 자신을 강하게 만드는 경험 중의 하나야. 그리고 중학교 때는 꾸준히 해야 공부를 잘할 수 있게 돼."

'그래, 지금부터라도 늦지 않아. 기운 내야지…….'

이렇게 생각은 하지만, 몸이 불편하니 마음 한구석에서는 불안이 싹튼다.

"울지 마. 이 겁쟁이야!"

힘들다는 건 성장하고 있다는 증거다. 지금 이 어둠을 헤쳐 나가면, 멋진 아침이 다가올 거야. 빛이 넘치고, 새가 지저귀고, 백장미 향기가 가득한 풍요로운 아침이…….

그런데 행복은 도대체 어디에 있을까?

행복이란 도대체 뭘까?

"아야, 넌 지금 행복하니?"

말도 안 돼. 지금은 끝없는 슬픔 속이야.

괴롭다고, 몸도 마음도…….

사실 나는 지금, 미쳐 버리기 일보 직전이라고!

까마귀 울음소리도 꼭 날 비웃는 것처럼 들린단 말이야.

고등학교 입학시험

개인 면담이 잡혀 있어 선생님, 엄마, 나. 이렇게 세 명이 모여 이야기했다.

1. 성적 : 내 실력이면 공립고등학교에 입학할 수 있다.
2. 건강 : 지금은 걸음걸이가 불안정할 뿐이지만, 건강 상태가 어떻게 변할지 알 수 없으니 통학거리가 가까운 학교를 선택한다.
3. 학군제라서 집에서 먼 학교에 배정될 수 있으니, 그런 일이 생기지 않게 미리 사유서를 제출하고 필요한 절차를 밟는다. 엄마와 나는 공립학교 입학만 생각하고 있었지만, 선생님께서 만일을 대비하자고 하신 대로 사립학교 입학시험에도 응시한다.

아침에 먹고 싶다고 했더니 엄마가 무를 넣은 된장국을 끓여 주셨다. 사립고등학교 입학시험 날에도 엄마가 끓여 주신 된장국을 먹고 갔는데, 왠지 그래서 합격한 것 같다. 혹시 이런 것도 미신일까?

출발하기 전에 화장실에 두 번이나 갔다 왔고, 수험장인 토요오카 고등학교까지는 엄마가 차로 데려다 주셨다.

선생님을 따라 각자 자기 교실을 찾아 들어가는 아이들이 모두 똑똑해 보였다. 기가 죽고 조급한 마음이 들었다. 내 교실을 찾아 2층으로 올라가다 계단에서 넘어져 다리를 삐고 말았다. 결국 양호실에서 혼자 시험을 봤다. 너무 비참했다.

엄마한테 빌린 시계를 귀에 대고서야 겨우 마음을 진정할 수 있었다.

합격! 드디어 해냈다.

엄마도 나도 얼굴이 눈물범벅이 되었다.

친구도 많이 사귀고, 넘어지지 않도록 조심해야지.

저녁 식사는 내가 먹고 싶다고 한 햄버거다. 마치 오늘의 주인공이 된 것 같아 기분이 최고다. 말 안 듣는 몸을 억지로 움직여 가며 공부했던 괴로움 같은 건 단번에 날아갔다. 아, 정말 신난다!

하지만 불안한 마음도 있다. 장애인이라서 부자연스러운

동작이 금방 눈에 띌 거야. 걸음걸이도 불안하고, 다른 사람에게 부딪칠 것 같아도 얼른 피하지 못하잖아.

그래, 복도에서는 가장자리로 걷자. 새로운 친구들의 시선이 나한테 쏠리겠지만, 어차피 알게 될 일이니까 숨기지 말고 있는 그대로의 내 모습을 처음부터 보여 주자.

머리로는 이렇게 생각하지만 마음은 여전히 불안하다. 제대로 따라갈 수 있을까. 체육 시간은 또 어쩌지…….

아주 특별한 졸업식

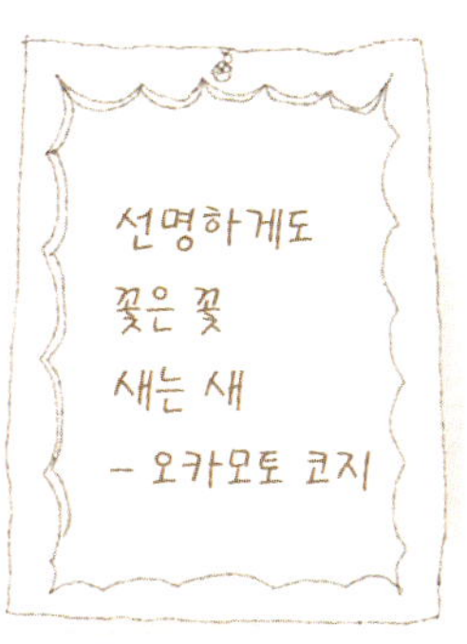

오카모토 선생님께서 주신 벽걸이에 적혀 있는 시이다. 뒷면에는 '키토의 졸업을 축하하며'라고 쓰여 있었다. 나한테만 졸업선물을 주서서 매우 기뻤다.

조금 무섭게 생겼지만, 사실은 꽃을 좋아하는 다정한 선생님이시다. 나는 진심으로 감사의 미소를 지었고, 선생님은 시의 의미를 가르쳐 주셨다.

“‘선명하다’는 것은 ‘확실하고, 생생하다’라는 의미야. 즉 ‘꽃’은 ‘꽃’이라고 이름 붙이니 꽃이고, ‘새’는 ‘새’라고 이름 붙이니 새라는 의미란다.”

그 말을 듣고 나니, 문득 높푸른 하늘, 학교 지붕, 그리고 청록색 나무가 눈에 들어왔다.

시의 의미는 반도 모르겠지만, 선생님께서 ‘힘내라!’ 하고 격려해 주시는 뜻이 담겼다는 것만은 알 수 있었다. 나는 ‘힘내야지.’ 하고 용기가 솟는 걸 느꼈다.

“이걸, 무엇으로 쓴 것 같니?”

“붓은 아니고…….”

“실은 말이야, 이쑤시개 끝을 풀어서 먹으로 썼단다.”

선생님께서 빙긋 웃으며 말씀하셨다. 놀라운 아이디어에 감탄했다.

“벽에 걸 수 있도록 뒤에 리본을 달아 둔 거 알지?”

“네!”

선생님은 싱긋 웃으며 지나가셨다.

졸업식 날에 이런 소중한 추억을 만들어 주신 선생님, 언제까지나 잊지 않을게요. 이제부터라도 제 마음의 지주가 되어 주세요.

엄마의 한마디

"다가오는 고등학교 생활이 절대로 순탄하지만은 않을 거야. 행동에 제한이 따를 거고, 다른 아이들과 다른 점이 많아서 괴로울지도 몰라.

그러나 아야, 사람이란 누구나 한두 가지쯤 견디기 어려운 괴로움을 안고 있단다. 그걸 참고 견디면서 살아가지 않으면 안 되는 거야. 자신이 불행하다고 생각해서는 안 돼. 너보다 더 불행한 사람을 생각해 보렴. 그럼 참을 수 있을 거야."

그렇구나. 내가 괴로워하는 것 이상으로 엄마도 괴로워하고 있었구나.

자신보다 더 힘든 사람, 괴로운 사람 들을 위해 일하는 엄마(아야의 어머니는 아이치현 보건소에서 질병 관리, 공중 보건 관리

등의 일을 하였음_옮긴이)를 생각하면 내 불만 같은 건 참을 수 있어. 엄마 아빠를 위해, 나를 위해, 그리고 세상을 위해, 희망을 품고 앞으로도 노력하자, 아야!

시간아, 멈추어다오!

고등학교 입학 후 처음으로 진찰받는 날이다. 고속도로를 타고 가도 두 시간은 족히 걸리는 길이라 아침 일찍 출발했다. 의사 선생님께 말씀드려야 할 내용을 모두 적어 두었다.

1. 걷는 게 어려워졌다. 뭔가에 의지해서 걷지 않으면 넘어진다. 발이 뻣뻣해져서 잘 걸을 수 없다. 특히 아침에 막 일어났을 때가 더 그렇다.
2. 밥을 먹을 때와 차를 마실 때, 자주 목이 막힌다.
3. 혼자서 히죽거리며 웃는다. 동생이 뭐가 그렇게 재미있냐고 물어서 문득 깨달았다.
4. 나는 어떤 병에 걸린 건가요?

다른 때처럼 한참을 기다린 후에 소후 선생님과 세 분의 젊은 선생님께 진찰받았다. 지난번과 똑같이 운동신경이나 반응을 살펴보기 위해 팔굽혀 펴기, 두드리기, 걷기를 했다. 엄마는 내가 적어 둔 내용을 선생님께 전하고 반 친구들의 도움으로 간신히 학교에 다니고 있다고 설명했다.

진찰이 끝난 뒤 의사 선생님께서 말씀하셨다.

"여름방학 때 한번 입원해서 검사받고 치료해 보는 게 좋을 것 같습니다. 오늘 미리 입원 절차를 밟아 놓고 가세요."

악! 입원이라니, 큰일 났다. 하지만 지금 상태에서 벗어나려면 참을 수밖에. 진작부터 받아들이겠다고 마음먹은 일이지만, 도대체 내 몸은 어떻게 된 걸까. 뭔가가 고장 나고 있다면 어서 고쳐야지 큰일 날 것 같아. '나는 어떤 병에 걸린 건가요?'에 대한 대답은 입원할 때까지 보류란다.

돌아오는 차 안에서 엄마에게 물었다.

"엄마, 나고야 대학병원은 좋은 병원 맞지? 나를 꼭 고쳐 주시겠지? 고등학생이 돼서 처음 맞는 여름방학인데……. 하고 싶은 게 엄청 많거든. 입원 기간이 짧았으면 좋겠어."

"아야, 앞으로도 몸에 대한 느낌을 적어 두도록 해. 아무리 작은 것이라도 꼭. 그래야 치료하는 데 도움이 되니까. 그러면 입원 기간도 짧아질지 모르잖아. 입원도 긴 인생 중에 겪는 한때의 일이라고, 좋은 경험 한다고 생각하자. 그것보다 엄마는 일요일에만 병원에 갈 수 있으니까 빨래 같은 것도 무리하지 않는 선에서는 네가 해야 할 거야. 속옷도 넉넉히 사고 다른 필요한 것들도 생각해 보고 하나하나 준비하자꾸나.”

도중에 오카자키 나들목에서 내려 이모 댁에 들렀다. 엄마가 이모에게 설명하는 것을 듣고 있자니 눈물이 쏟아졌다.

“어떻게 해서든 고쳐 주고 싶어. 나고야 대학병원에서 안 되면 도쿄든, 미국이든, 어디라도 좋으니 아야의 병을 고칠 수 있는 곳을 찾아낼 거야.”

“아야, 어서 낫자, 응? 요즘은 어떤 병이든 거의 치료할 수 있다고 하잖아. 게다가 넌 어리니까 빨리 나을 거야. 그래도 ‘낫겠다’라는 마음을 먹어야 해. 마음 약해져서 울고 있으면 나을 병도 안 낫는단다. 이모도 자주 들여다볼게. 볼일 있으면 전화해, 알았지? 이모가 금방 달려갈게. 아무 걱정 하지 말고 힘내는 거야.”

이모가 말했다.

“어서 코 풀고 주스 마셔. 눈물이랑 콧물이랑 다 섞여서 주스 맛이 소금 맛이겠다!”

화장지를 건네면서 이모가 하는 말에 웃고 말았다.

입원까지 이제 두 달 남았다.

시간아 멈춰라. 내 병과 함께 멈춰라.

16살 아야의 일기
네 개의 희망,
여섯 개의 두려움

첫 번째 입원

처음으로 집을 떠나 생활한다.

50살 정도 된 아주머니와 병실을 함께 쓰게 됐다.

"잘 부탁드려요."

엄마가 아주머니와 인사를 나누었다. 아주머니는 아주 조용한 분위기에 어딘가 모르게 외로워 보이는 눈빛을 하고 있었다.

나는 앞으로 어떤 생활이 펼쳐질까 하는 걱정으로 긴장하였다.

저녁 무렵에 아주머니와 산책하러 갔다. 벚나무 아래 벤치에 앉으니 잎사귀 사이로 빛이 춤추는 듯 보였다. 지독한 근시라서 잘 보이진 않지만, 녹색과 하얀빛 사이에서 '아름다움'이 느껴졌다. 나뭇잎을 흔드는 바람에서는 '변화'가 느껴졌다.

병원 생활에 제법 익숙해졌지만 누가 뭐래도 저녁 식사를 4시 반에 하고, 9시에 불을 끄는 것은 너무 빠르다. 우왕좌왕하는 사이에 어느덧 하루가 후딱 지나가 버리고 만다.

매일 같이 근전도, 심전도, 뢴트겐, 시력 검사 등 수많은 검사를 받으려고 미아처럼 넓은 병원 안 여기저기를 왔다 갔다 한다. 병원 안 어두운 복도를 걸으면 마음마저 어두워진다.

야마모토 히로코 선생님께서 이제부터는 병에 잘 듣는 주사를 맞을 거라고 말씀해 주셨다. 주사를 맞기 전과 맞은 후를 비교할 수 있게 걷기, 계단 오르내리기, 단추 끼우기 등의 동작을 16밀리 카메라로 찍어 놓았다.

앞으로 나는 뭐가 될까? 아니, 뭐가 될 수 있을까?

〈나에게 필요한 조건〉
1. 몸을 쓰지 않고도 할 수 있는 일
2. 머리를 써서 할 수 있는 일
3. 수입이 안정된 일

아, 어렵다. 이런 조건에 맞는 직업이 도대체 있기나 할까?

젊은 의사 선생님 몇 명이 나를 이리저리 만져 댄다.

"발끝을 세워 봐요!"

"눈을 감고 서 봐요!"

"이건, 할 수 있을까?"

그러고는 또, 골반이 이러니저러니…….

결국엔 "어때, 재밌니?" 하고 묻는다.

아, 정말 싫다. 소리라도 지르고 싶다. 나는 실험용 쥐가 아니야. 이제 그만해!

기다리고 기다리던 일요일, 엄마랑 여동생이 와 주었다. 함께 빨래를 널러 옥상에 올라갔다. 파란 하늘이 아름다웠다. 흰 구름도 아름다웠다. 후덥지근한 바람마저 기분 좋게 느껴졌다. 오랜만에 인간으로 돌아온 느낌이었다.

척수액을 뽑았다. 머리가 아프다. 주사 탓인지 머리가 너무 아프다.

미이네 가족이 모두 와 주었다. 미이는 외삼촌네 사촌이다. 외삼촌의 눈이 새빨갛다. 말을 건네려다 아무 말도 못 하고 가만히 보고만 있으니 삼촌이 먼저 말을 꺼냈다.

"일하느라 얼굴이 타서 그래. 어젯밤에 늦게까지 잠을 못 자기도 했고……. 왜, 삼촌 얼굴이 이상하니?"

얼굴은 안돼 보일 정도로 까맣게 타 있었고, 토끼처럼 빨간 눈은 마치 울고 난 것처럼 보였다.

"아야, 힘내라. 다음에 올 때 맛있는 것 사서 올게. 뭐가 좋겠니?"

"책이오. 사강(프랑수아즈 사강. 프랑스의 소설가이자 극작가_옮긴이)의 《슬픔이여 안녕》을 예전부터 읽고 싶었어요."

지하에 있는 물리치료실에 갔다.

물리치료사인 가와바타 선생님과 이마에 선생님께 학력 테스트를 받으면서 멍청한 말을 해 버렸다. 국어와 영어를 좋아하고 자신이 있다는 둥, 성적이 좋다는 둥, 잘도 떠벌렸다. 이런 짓은 이제 그만하자. 기껏 성적이나 자랑하다니…….

이런 내 모습이 너무 비참해서 차라리 은행 강도가 되는 게 낫겠다 싶다. 원래 머리가 좋다는 것은 안에서 배어 나오는 것이지 성적표 점수 따위로 알 수 있는 게 아니잖아.

가와바타 선생님과 이마에 선생님은 학생 때 말썽만 부렸다고 한다. 그게 더 나을지도 모른다. 건강하다는 증거니까. 나는 아직 어린데 몸이 이렇게 되다니……. 너무 서러워서 나도 모르게 눈물이 났다.

이제 그만하자. 쓸 만큼 쓰고 나니 속이 후련하다.

내가 죽을 둥 살 둥 공부하는 건 이것밖에는 할 수 있는 게 없기 때문이다. 나한테서 공부를 빼면 불편한 몸만 남을 뿐.

생각하고 싶지 않아.

외로워도 힘들어도, 이게 현실인걸.

머리는 나빠도 좋으니 제발이지 몸이 건강했으면…….

운명이라는 슬픈 한마디

야마모토 선생님께서 "오늘 어떤 아이가 입원했는데 너하고 중세가 비슷해." 하고 알려주셨는데, 복도에서 그 아이와 딱 마주쳤다. 초등학교 6학년이나 중학교 1학년쯤 되어 보이는 마른 남자아이였다. 자기 몸에 대해 별로 걱정하지 않는 듯 순진하고 맑은 표정이었다.

'주사가 효과가 있어야 할 텐데……. 어서 낫길 빌어.'

마음속으로 빌어 주었다.

주사를 맞고 나서 머리가 아프고 기분이 나빴지만, 약이 효과가 있는 건지 점차 익숙해졌다.

목소리를 녹음했다. 목이나 혀의 운동신경을 조사하는 걸까?

재활치료는 아주 중요하다고 야마모토 선생님께서 말씀하셨다. 잘 견디겠다고 단단히 마음먹었지만, 막상 재활치료를 받으니 너무 힘들어서 울음이 터질 것 같았다.

뙤약볕이 내리쬐는 옥상에서 비디오 촬영을 했다. 너무 힘들다. 선생님, 아무리 그러셔도 전 로봇처럼 걸을 수밖에 없다고요. 아, 슬프다.

촬영을 쉴 때 가와바타 선생님께서 개구쟁이였던 어린 시절 이야기를 들려주셨다.

"옥상에서 오줌을 쌌거든. 그런데 그게 선생님 머리 위로 떨어졌지 뭐야. 얼마나 두들겨 맞았던지."

정말 장난이 심했구나. 난 그런 건 흉내도 못 내겠어. 선생님의 이야기를 듣다 보니 나도 무언가 장난이 치고 싶어졌다. 하긴 나도 나무에 매달린 매미를 잡는 건 잘했는데…….

열이 난다. 39도 2분. 이대로 죽는 걸까?

아니야, 병 따위에 질 수는 없어!

엄마랑 집이 그립다.

힘을 좀 내 보려고 하면 항상 이 꼴이다. 몸과 마음이 언제까지나 이렇게 따로 움직일 것 같다. 이대로 나이 먹는 게 두렵다. 지금 내 나이는 고작 열여섯.

이제 몇 대만 더 맞으면 주사도 끝이다. 그러면 일단 퇴원이다. 일반 환자라면 이제 병이 말끔히 나았다며 만세를 부르겠지만 나는 다르다.

주사를 맞기 시작했을 때는 부작용으로 구토와 두통이 생겨서 무척 힘들었다. 선생님은 효과가 나타난다고 말씀하시지만, 나는 예전처럼 정상으로 돌아갈 수 있다고 기대했기 때문인지 좋아졌다는 생각이 들지 않는다.

학생수첩 외에 신체장애인수첩(3급)을 받았다.

척수소뇌변성증. 어떤 이유인지는 모르지만 운동신경을 지배하는 소뇌의 세포 움직임이 약해지는 병이라고 한다. 한 100년쯤 전에 처음 발견한 병이란다.

이 병은 왜 나를 택했을까?

운명이라는

한마디 말로는

받아들일 수 없다.

2학기 준비

2학기를 앞두고 엄마가 조언을 해 주셨다.

느려도 된다. 잘하지 못해도 된다. 열심히 하겠다는 자세가 중요하다.

나는 매 순간 진지하게 살고 있다고 엄마에게 말하고 싶지만, 행동은 그럴지 몰라도 그 속의 생각에 대해서는 엄마 말이 맞다.

개학식이 끝나고 엄마가 선생님과 의논하셨다.

우선 입원 치료를 받은 뒤에 조금 좋아진 것 같지만 고치기 어려운 병이라서 완전히 회복하기는 힘들 거라고.

그리고 교실을 이동할 때나 학교생활 중에 친구들에게 폐를 끼치는 일이 많이 생길 것 같으니 그런 점은 선생님께서 배려해 주시길 바라고, 가능한 한 내가 할 수 있는 일은 자기 힘으로 하게 맡겨 달라고 부탁하셨다.

엄마가 나를 위해 여러 가지 학교생활 아이디어를 생각해 냈다.

1. 교과서는 페이지를 나누어서 필요한 부분만 가지고 다닌다. 노트는 한 장씩 만들어서 파일에 끼워 쓴다.
2. 가방은 손에 들고 다니지 말고 어깨에 메는 가벼운 가방으로 바꾼다.
3. 아침 출근 시간대는 번잡하고 위험하니까 택시를 타고 등교한다. 하교 때는 상황에 따라 버스를 탈지 택시를 탈지 정한다.

"절대로 무리하지 마. 택시 회사에는 엄마가 설명해 두었으니까 너는 택시비를 내지 않아도 돼."
엄마, 난 꼭 돈 먹는 벌레 같아요.
언제까지나 부담만 주는 아이 같아요.
엄마, 미안.

사랑하고 사랑받을 자유

학교 정문 앞에서 버스를 탔다. 여기서 버스를 타면 아사히 바시에서 내려 횡단보도를 건너고 갈아탈 버스 정류장까지 걸어가야 한다.

횡단보도 신호등이 파란색으로 바뀌었다. 마침 이슬비가 내려 옆에 있던 초등학생 남자아이가 자신의 우산을 씌워 주었다. 그 아이의 걸음에 맞추려고 서둘러 발걸음을 떼었다. 다음 순간, 앞으로 푹 고꾸라졌다.

입에서 피가 뿜어져 나와 비에 젖은 아스팔트를 순식간에 붉게 물들였다. 피가 너무 많이 쏟아져서 이대로 죽는 게 아닐까 생각될 정도였다. 얼마나 무서웠던지 세상이 끝난 것처럼 엉엉 울고 말았다.

길모퉁이 빵집 아주머니가 뛰어나와 일으켜 세워 주셨다. 아주머니는 가게 안으로 부축해 들어가 수건으로 피를 닦아 준 다음 차에 태워 가까운 병원으로 데려가 주셨다.

내 학생수첩을 보고 학교에도 연락해 주셔서 선생님께서 달려오셨다. 선생님은 나를 집으로 데려가 주셨다. 빵 가게 아주머니, 선생님, 고맙습니다.

입술은 퉁퉁 붓고 앞니가 세 개나 부러졌다. 손수건으로 닦으면 아직도 피가 배어 나온다. 나도 여자인데⋯⋯. 앞니는 부러져 버리고 얼굴은 못 봐 줄 정도야.

내 병은 암보다 더 지독하다. 내 젊음의 아름다움을 빼앗아 가니 말이다. 이런 병에 걸리지 않았다면 누군가를 사랑할 수도 있을 텐데. 누군가에게 매달리고 싶은 마음을 주체할 수 없다. 정말 싫다.

《오빠에게》(일본의 여성 만화가 이케다 리요코의 작품.《베르사유의 장미》,《올훼스의 창》등 여러 편의 만화를 그렸음_옮긴이)에서 가오루노키미는 "사랑하니까."라며 사랑하는 사람과 헤어진다. 나에게는 사람을 사랑하고 사랑받을 자유마저 허락되지 않는 것일까? 꿈속에서는 걷고 뛰고 자유로이 움직일 수 있는데⋯⋯. 현실에선 그게 안 된다. 나나코가 뛰어나가는 장면을 읽다 보면 나도 그렇게 달릴 수만 있다면 하는 생각을 하게 된다. 내가 비굴해진 걸까?

넘어진 일을 생각하며 온종일 누워 있었다. 친구 K가 "아야, 괜찮아?" 하고 전화를 걸어 주었다.

너무 기뻤다. 이제 좀 쉬어야 할 것 같다.

7시 반에 일어났다. 여동생 아코가 예쁘게 차려입고 나간다. 동생의 예쁜 모습에 나는 왠지 풀이 죽는다.

빨리 일어나는 새가 먹이를 먹는다. 하나 남은 슈크림을 내가 차지했다. 생크림이 입안 가득 퍼졌다. 앞니가 없어서 크림이 새어 나올까 봐 입을 다물고 먹었다. 내일부터 치과에 간다. 어서 빨리 예전 얼굴을 되찾고 싶다. 내 모습이 보기 싫어서 책상 위에 있던 거울을 서랍 속에 집어넣었다.

엄마와 뜨개질 책을 보는데, 어렸을 적에 엄마가 산양 털실로 떠 준 흰색 원피스가 나왔다.

"엄마, 이거 보고 원피스 떠 준 거야?"

"응. 설날에 그 원피스 입고 머리띠 하고 현관에서 사진 찍은 거 생각나니?"

내가 건강했다면 그때 일로 엄마와 이야기꽃을 피웠겠지만, 그러면 왠지 슬퍼질 것 같아서 더는 이야기하지 않았다.

나는 무엇이 될까?

엄마와 장래에 대해 이야기를 나눴다.

"태어날 때부터 눈이나 몸이 불편한 사람과 달리, 건강했던 사람이 몸을 마음대로 움직이지 못하게 되면 아무래도 옛날에 건강했던 기억이 머리에서 떠나지 않아. 왜 마음대로 안 움직일까 하며 깊은 고민에 빠지고 자신의 처지를 감정적으로 받아들이기 쉽단다. 그래서 항상 정신과의 싸움이 먼저야. 얼핏 보기에는 기계적으로 체조하는 듯한 훈련도 실은 정신과의 싸움이고 단련이란다. 아야, 결과가 어떻게 나오든, 후회 없이 오늘을 살아야 미래도 있단다.

아야는 잘 울잖아? 그런 널 보면 안쓰러워서 어찌해야 할지 모르겠어. 힘들겠지만 현실을 받아들이고, 지금부터의 인생을 충실히 살아가지 않으면 제대로 된 삶을 영원히 누릴 수 없어. 엄마나 동생들은 네가 아무리 노력해도 안 되는 일이 있으면 아낌없이 도와줄 거야. 하지만 서로 의견을 나누거나 시비를 가릴 때는 거침없이 이야기하지? 그건 바로 네가 몸은 자유롭지 않지만 인간으로서는 남과 다를 게 없는 평범한 아이이고, 언니라고 생각하기 때문이야. 그러니까 널 강하게 만들어 주는 사랑의 말을 받아들여야 해. 다른 사람들에게 어떤 말을 듣더라도 견뎌 낼 수 있게 하는 연습이라고 생각하고 말이야."

엄마와 이야기하는 동안에 내 병을 냉정하게 받아들였다. 그리고 앞으로 나아갈 길을 생각해 봐야겠다고 마음먹었다.

"대학을 나와서 도서관 사서가 되고 싶어. 어쩜 공무원 자격증을 딸 수 있을지도 모르고……."

"아무래도 출퇴근은 어려울 수 있으니까 집에서 할 수 있는 일을 생각해 보는 건 어때. 번역일 같은 건 어떨까?"

"소설도 써 보고 싶어. 그런데 사회경험이 없어서 내용이 빈약할지도 몰라."

"구체적으로 정하기에는 아직 일러. 그러니까 지금 할 수 있는 일, 해야만 하는 일에 우선 최선을 다하자. 열심히 노력하자고."

"내가 할 수 있는 건, 역시 공부, 공부뿐이야."

친구라는 것은

하늘을 커다랗게 물들이는 붉은 석양을 보았다.

선향(향료 가루를 가늘고 긴 선 모양으로 만들어 풀로 굳힌 향의 일종_옮긴이)의 불똥이 툭 떨어지듯이 금세 떨어져 버렸지만, 그 투명함이란.

사과의 붉은 빛깔처럼 참 아름다웠다. 친구 Y와 함께 보며, "예쁘다." 하고 소리 질렀다. 그 석양에 물든 비행기 구름이 보였다.

Y는 참 좋은 친구다. 오늘 Y에게 "너희 집에서 함께 공부하고 싶어." 하고 말했다가 딱 잘라 거절당했다. 난 Y가 당연히 그렇게 하자고 할 것으로 생각했다. 만약 나라면 거절하지 못했을 텐데 말이다. 그래 놓고 아마 내 방식대로 공부할 수 없

게 되면 허락한 걸 결국 후회했겠지.

난 제어장치가 고장 난 걸까? 몸이 불편해서 정신적으로도 제어가 안 되는 거라고 하면 현실에서 도피하는 거겠지?

자신의 생각을 말로 표현할 수 있다는 것, 그리고 그걸 들어 주는 사람이 있다는 건 정말 기쁜 일이다. 나를 다른 애들과 똑같이 친구로 대해 줘서 고맙다.

친구 S가 말해 주었는데, 그 아이가 독서를 시작한 계기가 바로 나란다.

"아, 아주 잘됐다!"

'나도 친구들에게 부담만 된 건 아니구나.'라고 생각해도 괜찮겠어.

"야, 너 지난번에 완전히 목 놓아 엉엉 울었잖아? 그런데 그게 귀엽더라고."

"뭐? 너무해. 말도 안 돼. 울 때 거울을 봤더니 얼굴 꼴이 영 아니던데?"

"아니, 얼굴을 안 보면 귀엽다 이거지."

"뭐라고?"

얼굴이 아니라 그냥 우는 게 귀엽다 이거야? 둘이서 실컷 웃었다.

친구란 참 좋은 거다. 언제까지나 같이 있고 싶다.

우울한 날의 고민

태어날 때부터 손발이 기형인 산모가 건강한 여자아이를 출산했다는 뉴스를 봤다. 발로 기저귀를 갈고 우유를 먹인다고 한다. 기뻐해도 되는 걸까. 불안과 걱정이 앞선다.

양쪽 다리의 아킬레스건이 뻣뻣해진 것 같아 우울하다.

교실을 이동하는 게 쉽지 않다. 긴긴 복도와 계단을 친구들의 부축을 받거나 난간을 붙잡거나 하면서 걷는다. 아무리 서둘러도 늦을 수밖에 없어서, 때로는 도와주던 친구들까지 함께 지각한다.

점심시간도 그렇다. 다른 애들은 5분이면 다 먹는 걸 나는 5분 걸려서 겨우 한 입이나 두 입 먹고 있다. 게다가 약도 먹어야 한다. 시간 안에 못 먹을 것 같으면 우선 빈속에 약을 털어 넣고, 주위를 둘러봐서 아직 먹고 있는 아이가 있으면 나도 서둘러 밥을 먹는다. 지금까지 도시락을 다 먹은 게 몇 번이나 될까? 엄마가 기껏 싸 준 도시락이건만, 나에겐 먹을 시간이 없다.

집에 와서 남은 도시락을 먹으려고 하면, "그건 고로에게 주렴. 아야는 그 대신에 저녁을 많이 먹으면 되잖니." 하신다.

아, 아까워라. 내 도시락이 아니라, 고로랑 내 도시락이구나.

S와 Y는 늘 수행 무사처럼 날 도와주는 친구이다.

"부담 줘서 미안해."

"친구잖아."

이 말에 왠지 구원이라도 받은 느낌이 든다.

"친구는 서로 돕는 거잖아."

그래도 그렇게만 생각할 수 없다. 나는 친구들이 하나에서 열까지 도와주지 않으면 학교생활을 제대로 할 수 없다.

선생님들이 "혼자서 걷도록 노력해라."라고 입이 닳도록 말하는 이유를 알 것 같다.

내가 갈 길은 하나뿐이다. 내게 선택할 권리 따위는 없다. 친구와 같은 길을 간다는 건 절대로 불가능하다. 같이 갈 거라고 생각하고 있다간 나 자신의 길마저 잃고 마니까.

어딘가에 가고 싶어…….

무언가에 있는 힘껏 부딪쳐 보고, 머리가 돌 정도로 고함도 질러 보고, 허리가 휘도록 웃어 보고도 싶어.

도서관, 영화관, 카페(구석 자리에 앉아 레몬 스쿼시를 마시고 싶다)에 가고 싶다. 그러나 혼자서는 그 어느 곳 하나 갈 수 없다. 분하고, 이런 내가 한심하고, 어찌할 바를 몰라서 눈물이 난다.

나약한 나. 그러나 어쩔 도리가 없다. 벌써 2년이나 울보인 나와 함께 살고 있는걸. 이 울보는 웬만해선 나한테서 떨어져 나갈 것 같지 않다. 이젠 소리 내지 않고도 울 수 있고, 살짝 운 정도로는 코끝만 좀 빨개질 뿐 표 나지 않게 울 수도 있다. 하지만 울어 봐야, 좋을 건 하나도 없다. 지치기만 하고 눈은 붓고, 코는 막히고, 식욕도 떨어지고.

요즘 들어 주위 사람들과 부딪치기만 한다. 인간관계란 참 복잡하다. 특별히 누가 나쁜 것도 아닌데 어느새 사이가 벌어지고 만다. 마치 내 병처럼…….

뭔가 감동할 만한 것을 찾다가 혼자 마라톤을 보러 갔다. 그러나 결국 괴로워지기만 했다. '달린다'는 것에 대한 그리움. 몸이 자유롭지 않다는 것이 얼마나 큰 장애인가를 뼈저리게 느낀다.

체육 시간에는 교실에 남아 책을 읽기로 했다.《아가씨 안녕》(일본의 전후세대를 대표하는 저널리스트이자 평론가인 쿠사야나기 다이조의 평론집_옮긴이)을 읽으며 내가 배울 점을 찾아 실천해 보고 싶다고 생각했다. 지금은《나는 12살》(오카 마사후미의 시집. 오카 마사후미는 12살에 날카로운 감성으로 시를 쓴 천재 소년이다. 이 책은 12살에 자살한 그의 처음이자 마지막 시집_옮긴이)을 읽으며 자살만은 하지 않겠다고 다짐해 본다.

나는 생각을 하지 않으면 살아갈 수 없다. '어떻게든 될 거야.'라는 건 있을 수 없다. 길을 걸을 때는 어디로 어떻게 걸어야 무사히 갈 수 있을지, 청소할 때는 내가 할 수 있는 게 있을지, 능률적으로 하려면 어떻게 해야 할지를 생각해야 한다.

나는 내가 불쌍하다.

그래도 분명히 뭔가 좋은 점도 있을 거라고 믿자. 그렇게 하지 않으면 도무지 견딜 수 없을 테니까.

내가 진단한 나의 상태

감화신경증 感化神經症, 눈물샘 고장, 욕구불만, 남성공포증, 자신감 상실…….

목소리를 크게 낼 수 없게 되었다. 복근이 약해진 탓인지 폐활량이 적어진 탓인지 알 수 없다. 행동반경이 좁아진 탓인지 내가 무얼 바라는지도 잘 모르겠다. 그래도 무언가 해 보고 싶다. 무언가 해 보고 싶어 견딜 수가 없다. 옴짝달싹 못하는 나. 남이 베푸는 친절을 받기만 해서 괴롭다.

쉬는 시간에 친구가 함께 화장실에 가 주었다. 그래서 친구도 10분 정도 수업에 늦고 말았다. 친구에게 미안한 마음이 먼저 들고, '분해. 한심해. 난 왜 이 정도 일도 혼자서 못하냔 말이야.' 하고 화가 치밀어 올랐다.

장애인도 건강한 사람과 똑같은 마음을 지녔다. 귀가 들리지 않는 것은 불행이 아니다. 불편할 뿐이다.

나는 행복해지고 싶다. 행복해지려면, 건강한 사람과 대등하게 겨룰 수 있는 무언가를 익혀야 한다. 난 이제 겨우 16살. 아직 젊으니까 힘내자, 아야!

특별활동 시간에 임원과 각각의 학급 일을 맡아서 할 담당자 선거가 있었다. 반 학생 수는 마흔다섯 명, 담당자로 선출된 건 마흔네 명. 나 혼자만 아무 일도 맡지 못했다고 생각하면 괴로우니까, 난 천사 역할을 맡았다고 생각하자. 떨어진 휴지를 주울 수도 있고, 창을 닫을 수도 있어. 하려고만 하면 할 일이 얼마든지 있거든.

몸이 뻣뻣해졌다. 날이 추워져서 그런 걸까? 병이 악화된 걸까? 버스 손잡이도 꽉 움켜쥐지 않으면 넘어질 것 같다. 너무 위험해서 도로에는 나가지도 못한다. 엄마가 데려다 주지 않으면 학교에도 가지 못하는 신세가 되어 버렸다. 엄마가 출근길에 학교 앞에서 내려 주면 엄마 어깨에 의지해서 신발장까지 걸어간다. 내가 실내화로 갈아 신는 동안에 엄마는 2층에 있는 교실까지 달려가서 가방과 도시락을 놓고 온다.

나는 빈손으로 손잡이에 몸을 의지하며 천천히 교실까지 걸

어간다. 수업이 끝난 후에는 학교 건너편에 있는 과자가게에서
6시까지 엄마를 기다린다. 과자가게 아주머니는 "가게 안에 있
는 방에 가서 숙제도 하고, 책도 읽으렴." 하고 말씀하신다.

특별활동을 마치고 나오는 아이들이 가게에 몰려오면 조금
창피하기도 하지만 달리 어쩔 수가 없다. 참을 수밖에.

가게에서 엄마를 기다리는 두 시간 동안은 오가는 사람들
의 움직임과 수다를 하릴없이 보고 들으며 멍하니 앉아 있어
야 한다. 시간이 아깝다. 버스로 통학할 때도 힘들긴 했지만
그때는 사람들과 부대끼며 사는 맛이 있었다. 미루나무 가로
수와 가게 앞에 늘어놓은 과일을 보며 계절을 느낄 수도 있었
건만…….

더는 자라고 싶지 않아!

난, 병과의 싸움에서 질 것 같아.

아니야. 병마 같은 놈에게 질 수는 없어.

하지만 아무리 기를 쓰고 밝게 행동하려 해도 똑바로 걷는 선생님, 동생들, 그리고 친구들을 보면 나 자신이 비참해진다.

내가 훌쩍훌쩍 울고 있으면 엄마가 최후의 카드를 내민다.

"울어서 자기 의사를 표현하는 건 갓난아기나 하는 짓이야. 고등학생이란 호칭이 아깝다!"

나는 더 슬퍼져서 또 으앙 하고 운다.

사촌 에미에게.

에미, 나는 왜 이렇게 울보일까?

왜 옛날처럼 걱정 없이 웃지 못하게 되어 버린 걸까?

옛날로 돌아가고 싶어.

타임머신을 만들어서 과거로 돌아가고 싶어.

뛰고, 걷고, 함께 놀던 그 시절의 나를 만나보고 싶어.

그러나 다시 현실로 돌아와야겠지.

더는 자라고 싶지 않아!

시간아, 멈춰라. 눈물도 멈춰라.

아, 정말 내 눈물샘은 고장 났나 봐.

벌써 저녁 9시야.

이 세상의 모든 시계를 부숴 버린다 해도

시간은 여전히 흘러가겠지.

살아 있는 한 시간은 멈추지 않아.

포기할 수밖에 없는 걸까?

나는 걷는 게 참 좋다.

중학교 1학년 때, 시청각센터에서 집까지 5킬로미터나 되는 거리를 걸어온 적이 있다.

길가에 피어 있는 풀꽃을 따기도 하고 푸른 하늘을 바라보기도 하며 걷고 있으면, 조금도 힘들지 않다. 자전거보다도, 자동차보다도 걷는 게 좋았다.

아, 혼자서 걸을 수 있다면.

한 친구는 혼자 있으면 자신이 나쁜 아이처럼 느껴진다고 한다.

또 어떤 친구는 혼자 멍하니 있는 시간에 자신이 가장 인간답게 느껴진다고 한다.

나는 혼자 있으면……. 혼자 있는 건 싫어. 혼자는 무섭다!

내가 살아가는 이유는 도대체 뭘까?

항상 도움받기만 할 뿐, 무엇 하나 남에게 해 줄 수가 없다.

나에게 공부는 삶의 양식이지만, 그보다 더 소중한 무언가를 찾고 싶다.

폭이 3미터밖에 안 되는 복도를 건너갈 수가 없다.

인간은 정신력만으로는 살아갈 수 없는 걸까?

상반신만으로 걸을 수는 없는 걸까?

나는 공기 같은 사람이 되고 싶다. 사라지고 나서야 비로소 그 가치를 알게 되는 사람.

따스하고 안에서부터 우러나오는 인격을 가진 그런 사람 말이다.

교실 자리를 바꾸어 맨 앞자리에 앉게 되었다.

수업에 늦었을 때는 어디를 어떻게 지나서 내 자리까지 갈지, 활주로를 미리 정해 놓지 않으면 안 된다. 건강도 주의해서 관리하지 않으면, 하품이 나오고 코가 막히고 기분이 나빠진다.

간식으로 군고구마를 먹었다. 맛있었다.

이제 겨우 오후 2시 반인데 해가 넘어가기 시작한 것 같다.

어느새 집에서 보이는 이나리산의 벚나무 잎도 거의 다 져버렸다. 그러고 보니 학교 운동장의 은행잎도 단풍이 들고 있었던가? 친구의 어깨나 복도 벽에 의지해 걷는 나는, 위를 올려다보면 넘어지고 만다.

수업 참관일이다. 부모님이 못 오시게 되어서 오히려 잘됐다. 나는 친구 부모님들이 정말 싫다. 누가 봐도 '이 반에 신체 장애인이 있다니' 하며 거슬려 하는 눈빛으로 위아래를 훑어

볼 때면 너무 화가 나서 눈물이 나려 한다.

누군 좋아서 이런 몸이 되었나? 저녁을 먹으면서 다시 그 생각이 떠올라 눈물이 났다. 인제 와서 훌쩍거린다고 달라지는 것도 아닌데. 엄마 미안해요.

선생님께서 학부모 면담 때 수학을 좀 더 열심히 하면 상위권에 들어갈 수 있다고 말씀하셨다! 더 힘내자, 아야!

지금은 11시. 비스듬히 누운 반달님이 동쪽 유리창을 통해 미소 짓고 있다. 전등을 끄면 달님에게 기도할 수 있을까?

건강한 친구들과 생활하다 보면 어쩔 수 없이 굴욕감을 느낄 때가 있다. 물론 너무 괴롭다. 하지만 바꾸어 생각하면 그런 굴욕감이 공부를 더 열심히 하게 만드는 원동력이 되는 것 같다.

내가 다니는 히가시 고등학교가 좋고, 선생님이 좋고, 친구도 모두 좋다. 과자가게에서 엄마를 기다리고 있을 때 초콜릿을 사 준 선배님도 고맙습니다!

네 개의 희망, 여섯 개의 두려움

엄마가 오카자키에 있는 양호학교(몸에 장애가 있는 사람을
교육하기 위해 만든 특수학교_옮긴이)에 견학을 다녀오셨다. 그
얘기를 해 주시는데 눈물이 펑펑 쏟아졌다.

여동생은 시험 기간이라서 열심히 공부하고 있는데, 나는
멍하니 앉아 있다. 머릿속에 맴도는 것은 '양호학교'뿐.

솔직히 히가시 고등학교를 3학년까지 다니는 건 무리라고
인정한다.

나에게 양호학교는 미지의 세계이다. 탐험가였던 콜럼버스
나 바스쿠 다가마(서유럽에서 희망봉을 거쳐 아시아로 가는 해로
를 개척한 포르투갈의 탐험가_옮긴이)도 미지의 세계에는 네 개
의 희망과 여섯 개의 두려움을 안고 뛰어들었을 거다.

〈네 개의 희망〉

1. 장래를 계획할 수 있다.
2. 내 생활을 할 수 있다.
3. 시설, 제도가 잘되어 있다.
4. 장애인 친구가 생긴다.

〈여섯 개의 두려움〉

1. 인간성의 폭이 좁아지지 않을까?
2. 기숙사 공동생활을 잘할 수 있을까?
3. 히가시 고등학교의 친구들과 헤어지는 것
4. 양호학교에 대한 세상의 선입견
5. 남자아이들과의 생활
6. 가족의 변화

내가 기숙사에 들어가면 어린 여동생이 나를 잊지 않을까? 남동생도 가끔이라도 좋으니 나를 기억해 줄까? (이러다 보니 마치 자살하려는 사람 같아.)

친구 S는 집이 멀어서 고등학교 1학년 때부터 하숙하고 있는데, 혼자 사는 이유는 나와 다르지만 그 외로움을 잘 알 수 있을 것 같다.

겨울 파리는 잡아야 한다는데, 파리도 여름이 되면 알을 까서 무수한 생명이 태어난다고 생각하니 생명의 신비로움이 느껴져 차마 죽이지 못했다.

창 너머로 새로 지은 학교 건물을 바라보며, "아아, 이게 히가시 고등학교구나." 하고 새삼 감동을 느꼈다. 문득 하늘을 올려다보니 낮에 나온 하얀 달님이 보였다.

"좋아서 병에 걸린 게 아니잖아. 몸은 자유롭지 않아도 아야에게 남아 있는 건 많잖니. 만약에 우리 아야에게 생각하는 능력이 남아 있지 않았다면, 병에 걸려 처음으로 알게 된 사람의 따뜻함, 다정함도 느낄 수 없었을 거야."라고 엄마가 말했다.

친구 S와 따스한 햇살이 내리쬐는 강변에 앉아서 철새의 울음소리를 들으며 이야기를 나눴다.

"아야, 너 변한 것 같아. '하늘이 푸른 게 아름다워.' 하고 감동해서 말하잖아. 감성이 섬세해진 거 같아."

S가 말했다.

"함께 있어서 마음이 편한 사람이 있을까?"

내가 물었다.

"응, 동생들이 그럴까? 내가 언니니까 잘난 척할 수 있거든. 하지만 역시 혼자가 제일 편해."

S는 자기가 원해서 혼자 살고 있다. 억지로 가족과 헤어져

서 혼자 살아야 하는 나. 이 차이는 뭘까?

생물부에 쥐를 좋아하는 3학년 갈래머리 여자아이가 있다. 그 애와 함께 도서관까지 걸었다. 부축받지 않고 혼자서 걸었다. 천천히 걸었는데도 그 아이는 보조를 맞춰 주었다.

그 아이는 집에서 쥐를 마흔네 마리나 키우고 있단다. 처음으로 키웠던 쥐 이야기를 해 주었다.

"이름은 '나나'. 암컷이었는데 유방암으로 죽어 버렸어. 쥐도 병에 걸리면 사람이 병에 걸린 것과 똑같아져. 그리고 죽고 말지. 동물이 죽는 건 정말 싫어."

나는 그 아이에 대해서 아무것도 모른다. 선생님과 선배들에게 묻는다면 무언가 알 수 있겠지만 난 그 아이와 이야기를 통해 서로 알아가고 싶다.

그 아이와 다시 이야기할 기회가 있었다.

그 아이는 삿짱이라 불린다고 한다.

가족은 아빠, 엄마, 여동생, 그리고 마흔네 마리의 쥐.

그 아이만의 정원에 쥐 무덤을 만들고, 거기에 물망초를 심었다고 한다.

프랑스어로 물망초는 '20일 된 쥐의 귀'라는 뜻인데, 그건 태어난 지 20일 된 쥐의 귀가 물망초 잎을 닮았기 때문이라고 삿짱이 알려 주었다.

"나는 말이야. 사람이 죽으면, '아아, 나를 대신해서 죽었구나.'라고 생각하고 있어. 너는 다리가 불편하잖아. 그래서 너 대신 더 열심히 살아야지 하고 생각해."

삿짱은 말을 계속했다.

"나는, 초능력을 믿거든(여기서, 나는 맞장구를 쳤다). 아메바의 처지에서 보면 사람은 누구나 다 초능력자이고, 눈이 안 보이는 사람에겐 눈이 보이는 사람 역시 초능력자나 마찬가지잖아."

삿짱은 느긋해서 참 좋다. 삿짱도 아야도 내년이면 히가시 고등학교에 없겠지.

영어 문법과 작문 시간에 한 친구가 "분해!" 하면서 울었다. 영어 점수가 나빴던 거다.

선생님은 "그만 울어! 성적이 나빠 그렇게 울 거였으면, 애초에 더 노력했으면 좋았잖아."라며 크게 화를 내셨다.

무서웠다. 그러나 아무리 점수가 나빠도 나는 저렇게 혼내지 않으실 거라고 생각하니 서글퍼졌다.

S와 함께 운동해서 몸이 따뜻해졌던 경험담을 이야기했다.

"뭐니 뭐니 해도 밀어내기가 제일이지."

“축구나 농구는 그냥 달리기만 해도 돼.”

이제 할 수도 없는 일을 두고 이러쿵저러쿵 떠벌리는 나 자신이 부끄러웠다.

영화 *들판의 백합*(흑인 제대군인이 우연히 만난 수녀들을 도와 예배당을 짓는 과정을 잔잔하게 묘사한 흑백영화_옮긴이)을 텔레비전으로 봤다. 나는 신이 있다고 믿는다. 신은 나를 시험하고 계시는 거다. 그렇게 생각하니 갑자기 마음이 활짝 개었다. 이 기분을 잊지 않고 싶다.

이제 곧 설입니다.

올해는 정말 많은 분에게 도움을 받았습니다.

내년은 저에게 정신 혁명이 일어나는 한 해가 될 것 같습니다. 아직 저는 자신이 중증신체장애인이라고 솔직히 인정하지 못하기 때문입니다.

무섭고 싫었습니다.

그렇지만 이제 인정할 수밖에 없겠죠.

양호학교에 가면…….

양호학교를 생각하면 두렵습니다.

분명히 장애인인 저에게는 가장 적합한 곳일지도 모릅니다.

하지만 저는 히가시 고등학교에 남고 싶습니다.

모두와 함께 공부하고 싶습니다.

여기서 배우고 성장하고 싶습니다.

건강한 친구들이 주위에서 사라진 세상은 생각하기도 싫습니다.

엄마는 가끔 양호학교 이야기를 해 준다.

시간이 걸리더라도 내 일은 내 힘으로 해낼 수 있다, 도움을 받는 처지에서 도움을 주는 처지가 될 수도 있다, …….

나는 지금 중요한 갈림길에 서 있다. 결단의 시간이 나를 점점 죄어 오고 있다.

정신 혁명이 필요해

'양호학교로 전학하겠습니다.'라는 결정은 스스로 내리고 싶었다. 안 그래도 3학기까지는 히가시 고등학교와 헤어져야 한다고 나 자신에게 다짐하듯 말해 왔다.

선생님, 저는 오늘까지 선생님을 존경하고 믿어 왔어요. 그런데 이런 식으로 The End라니 아무래도 마음에 걸립니다.

엄마에게 "교실을 이동하는 시간이 너무 길다."라고 돌려서 말씀하시지 마시고, 저에게 직접 "히가시 고등학교에서는 널 봐 줄 수 없으니 양호학교로 가라."라고 말씀하시지 그러셨어요. 그편이 마음을 정리하는 데 도움이 돼요.

힐끗힐끗 쳐다보지 마세요. 아무리 생각해도 화가 납니다.

"그 이후로 어머니께서 무슨 말씀 없으시니?"라니! 정말 속 보여요! 선생님은 왜 제게 직접 말씀해 주지 않으셨나요?

오늘도 내일도 힘겨운 매일이지만, 제가 홀가분하게 떠날 수 있도록 왜 제 이야기를 들어 주지 않으셨나요? 만일 그렇게 해 주셨다면 2학년 때부터 전학하겠다고 제 입으로 이야기할 수 있었을 텐데요.

4월부터는 싫어도 양호학교에 가려고 했는데……. 도망가지 않고 꿋꿋이 받아들이려 했는데……. 그 말조차 못 하고 이대로 분한 마음으로 떠나는 것은 정말 억울해요.

친구 S와 이야기했다.

"양호학교에 가면 넌 더는 특별한 아이가 아니야. 그러니까 교실을 이동하거나 청소할 때도 지금처럼 힘들지 않을 거야. 맘만 먹으면 잘할 수 있을 테니 노력해 봐."

날카로운 비수가 가슴에 꽂힌 듯했다.

S가 가진 99퍼센트의 다정함과 1퍼센트의 칼날로 우정을 지속할 수 있을 것 같다. 그래서 눈물이 나지 않았다. 충격이 크면 부교감신경이 마비되나 보다.

S는 나에게 '생각'하라고 깨우쳐 주었다.

저는 다시 태어났습니다.

신체장애인이라고 해도 지적 능력은 건강한 사람과 똑같다고 생각했습니다.

한 걸음씩 착실히 걸어 올라온 계단에서 발을 헛디뎌 곤두박질친 것 같은 기분입니다.

선생님도 친구들도 모두 건강합니다. 슬프게도 이 차이는 어떻게 할 수가 없습니다.

저는 히가시 고등학교를 떠나겠습니다.

그리고 장애인이라는 무거운 짐을 혼자서 지고 가려 합니다.

이렇게 결정하기까지 1리터의 눈물이 필요했습니다. 앞으로는 더 많은 눈물이 필요하겠지요.

참아줘 내 눈물아!

억울하니 술래야.

분하면 잘해.

지면 안 되잖아.

새해 들어 처음으로 병원에 갔다. 야마모토 선생님과 이야기를 나누고 나니 마음이 가라앉았다. 그리고 의욕이 생겼다.

엄마가 양호학교로 전학하는 문제에 대해 간단히 이야기했다.

선생님께서는 교육위원회에 알아보겠다고 하셨다.

나는 한순간 혹시나 하는 희망을 품었지만, 곧 비누거품처럼 꺼져 버렸다.

최근 며칠간 일어난 일들이 어지럽게 머릿속에 떠올랐기 때문이다.

나는 그동안 주위 사람들에게 너무 의존해 왔다. 그걸 이제서야 깨달았다.

그래서 친구들이 지쳐 버린 거다. 너무 늦게 알아 버렸다.

오랜만에 가족 모두와 '아사쿠마' 레스토랑에서 외식을 했다. 엄마가 동생들에게 내가 양호학교로 전학할 거라고 이야기했다.

"이제 알았으니 그만해, 엄마."

화가 나서 엄마에게 쏘아붙였다.

"전학하는 건 아야지만, 이건 아야 혼자만의 일이 아니야. 가족에게 생긴 문제는 함께 생각하고, 돕고, 격려하면서 다 같이 마음을 나누는 게 중요한 거야."

엄마가 말했다.

한 번쯤 벌거숭이가 되고 나면 편해진다. 기를 쓰고 숨기지 않는 편이 낫다고 생각을 바꿨다.

햄버그스테이크가 정말 맛있었다. 후식으로 나온 아이스크림도 말끔히 먹었다.

W군, O군, D군, 나 같은 아이에게 인사해 줘서 고마워. 정

말 기뻤어.

M군, 가방 들어 줘서 고마워.

H군, 이제야 '안녕' 하고 인사 나눌 정도가 되었는데…….

긴 1년이었어.

모두와 함께 지낸 1년은 정말 즐거웠어. 이제 각오가 섰어.

안녕, 언제까지나 건강하길…….

교실에 혼자 남아 책상을 닦으면서 낙서를 보고 그 친구의 마음을 읽는 게 참 재미있었어.

마음 정리

2학년 반 편성 결과를 발표했는데, 명단에 내 이름은 이미 빠져 있었다. 각오는 했지만 역시 쓸쓸한 기분이다.

건강하기만 하다면…….

그만하고 이제 일어서!

언제까지 주저앉아 있을 거야?

자신의 병은 자신이 치료하겠다는 마음가짐이 없으면 안 되잖아.

필기 능력이 떨어지는 것. 이것도 병이 악화되었다는 말일까?

넘어지면 어때
다시 일어나면 되잖아
넘어진 김에 누워서 하늘을 바라보렴
푸른 하늘이 오늘도 저 위에 끝없이 펼쳐져
미소 짓고 있는 게 보이지 않니
너는 살아 있단다

친구 앞에서 울고 말았다.

농구부 선생님께서 학교를 그만둘 거냐고 직접적으로 물어보셔서 슬퍼졌다.

하지만 운다고 기분이 좋아지니? 주위 사람들도 마음이 좋지 않을 테고 자신도 허무할 뿐이잖아. 그렇다면 그만두자. 훌쩍거리는 것보다는 생글거리는 게 예쁘잖아.

이제부터 하고 싶은 말이 있으면 척척 해 버리자고. 울기 전에 말이야!

지금은 너무나 공허한 기분이다.

씻지도 않고 그냥 자련다.

내일은 양호학교에 면접하러 가는 날.

나름대로 각오를 다지고…… . 인제 그만 울자.

어떻게든 더 큰 사람이 되고 싶다고 기도하는 내 얼굴.

양호학교. 어두운 인상을 주는 이름이다. 다른 이름은 없을까? 양호해 주는 학교는 있어도, 양호해 주는 사회는 없는 걸까?

양호학교 선생님과 면접했다.

"이 정도의 장애라면 히가시 고등학교에 좀 더 다녀도 될 것 같은데. 수업에 지장이 없다면 어떻게 방법이 없을까? 양호학교는 아무래도 학력 면에서는 수준이 떨어져서 그 점이 마음에 들지 않을 것 같은데.”

‘그런 이야기는 인제 하지 마세요. 위로의 말 같은 건 다시는 듣고 싶지 않아요.’

마음속으로 외쳤다.

병원의 야마모토 선생님께서 교육위원회에 물어봐 준다고 하셨을 때에도 작으나마 희망을 품었지만 역시나 대답은 교장선생님의 판단에 맡긴다는 것이었다.

“히가시 고등학교에서는 맡아 줄 수 없다고 하니 어쩔 도리가 없어요. 여기 오기까지 아야가 어떤 마음이었을까를 생각하면 화가 나기도 하지만, 희망을 잃지 않고 새 출발을 하도록 도와주고 싶어요. 본인도 그럴 결심이고요. 이미 결정된 일이니 뒤돌아보지 말고 전학을 전제로 진행해 주세요.”

엄마가 말했다.

솔직히 마음속에는 히가시 고등학교에 대한 미련이 남아 있었지만, 엄마의 말을 한 마디 한 마디 곱씹으며 듣다 보니 내 마음도 엄마와 하나가 되었다.

엄마가 나를 지탱해 주는 한 나도 힘낼게요. 하나님, 저는 엄마를 따르겠어요. 엄마의 모습에서 깊은 사랑을 느꼈으니까요.

마음을 단련해서 강해지자.

마지막 기말고사는 후회가 남지 않도록 힘내자고 결심했지만 너무 많은 일이 있었다. 공부해도 집중이 안 된다.

교실에 꽂아 놓은 보케(명자나무의 일본식 이름_옮긴이) 꽃. 붉은색이 정말 아름다운 꽃인데 왜 보케('멍청이'를 뜻하는 일본어로 명자나무를 가리키는 말과 발음이 같음_옮긴이)라는 이름을 붙였을까. 시험 중에 그런 엉뚱한 생각을 하고 있었다.

"양호학교에 갈지 히가시 고등학교에 남을지 결정하는 것은 결국 너 자신이야. 산다는 건 바로 그런 거란다."

모토코 선생님께서 말씀하셨다.

'히가시 고등학교에 있고 싶지만 여기서 학교생활을 이어 가는 것은 무리라며 있게 해 주지 않아요. 그래서 양호학교에 갈 수밖에 없어요. 이건 제가 결정할 수 있는 게 아니에요. 선생님 말씀이 멋있게는 들리지만요.'

나는 속으로 생각했다.

나는 선생님께서 하신 말씀과 입 밖으로 꺼내지 못한 내 대답을 마음속에서 몇 번이고 되뇌어 보았다.

선생님께서 몇 가지 당부를 덧붙이셨다.

"첫째로 청결할 것. 사람들이 장애인은 불결하다고 생각하지 않게 다른 사람보다 배로 엄격하게 지킬 것. 둘째, 지금 있는 친구들을 소중하게 여길 것. 셋째, 키보드 사용법을 익힐 것. 넷째, 히가시 고등학교를 잊지 말 것.”

　나를 가운데 두고 주변 사람들이 원을 만들어 '양호! 양호!'
라고 외치며 죄어들어 오는 것 같다.
　나는 양호학교밖에는 갈 곳이 없다고 억지로 자신을 다독
이면서 필사적으로 마음을 가라앉혀 전학을 결심했다.
　마음으로는 결정했지만, 머리로는 아무것도 정리되지 않아
계속해서 흔들리고 있다.
　성경을 읽었다. 예수님의 말씀을 마음으로 받아들여 봐
도……. 냉정하게 생각해 봐도……. 죄송합니다, 하나님. 전 신
앙심이 부족해요. 경건한 크리스천이 되는 게 너무 힘들어요.
현실을 바로 보고 냉정하게 이성적으로 생각해 보겠습니다.

　〈히가시 고등학교에 다니면 좋은 점〉
　1. 나 같은 사람이 있다는 걸 공동생활 중에 알릴 수 있다
　　(서로 돕는 정신을 배운다).
　2. 건강한 사람과 몸이 불편한 자신을 비교하면서 생기는
　　열등감이 더욱 힘을 낼 수 있는 원동력이 된다.
　3. 선생님이나 친구들에게 배울 것이 많다.

　〈나쁜 점〉
　1. 정해진 시간을 따라갈 수 없다.

2. 친구나 선생님에게 의지해 버린다.

3. 친구를 폭넓게 사귈 수 없다.

4. 청소 등을 할 수 없어 모두에게 부담을 준다.

〈양호학교에 다니면 좋은 점(상상이지만)〉

1. 내 힘으로 생활할 수 있다.

2. 주변 사람의 부담을 덜어 줄 수 있다.

3. 장래 계획을 세울 수 있다.

4. 생활에 필요한 기능을 익힐 수 있다.

5. 같은 장애를 가진 사람끼리 서로 인격을 존중하며 살 수
   있다.

〈나쁜 점〉

1. 장애에 대해 안이한 생각이 생기지 않을까?

2. 건강한 친구들을 만날 기회가 없다.

3. 학력이 떨어진다.

이별 그리고 늦은 후회

종업식까지 앞으로 나흘이다. 친구들이 나를 위해 천 마리 종이학을 접고 있나 보다. 열심히 접고 있는 친구들 모습을 마음속에 잘 담아 두어야지. 헤어진다 하더라도 절대로 잊지 않게 말이다.

천 마리의 종이학을 접어 나의 행복을 빌어 줘서 매우 기쁘다. 하지만 그보다 "아야, 가지 마."라는 한마디 말이 더 기뻤을 텐데.

그런 말을 들을 수 있게 노력하지 않았던 나 자신과 그렇게 말해 주지 않은 친구들이 밉다. 그렇지만 모토코 선생님과 친구들을 나쁘게 생각지 않겠다고 한 약속을 지켜 입 밖에 내지 않았다.

엄마에게 그 말을 하자,

"이제 지난 일이야. 잊어버리렴. 되돌아보기만 하면 조금도 앞으로 나아가지 못해. 세 발 나서면 두 발 물러나는 게 인~생~은……." 하며 노래를 시작하는 바람에 나도 모르게 웃고 말았다.

친구가 소철나무 열매를 주었다.
주황색. 예쁘다. 참 따뜻한 색이다.

모토코 선생님과 마지막으로 대화하며 마음속 이야기를 털어놓았다.

"그렇게 자신을 책망하지 마. 인생에서 공부만이 중요한 건 아니잖아. 공부만 하다가 사회에 내던져지면 무엇을 할 수 있겠니? 말하자면 너는 공부를 피난처로 삼은 거였다고 생각해. 가방을 드는 것에서도, 그릇을 닦는 것에서도 도망쳐 공부만 해 온 게 아닐까? 그래서는 네가 살아갈 세상이 좁아지고 말아.

혁명을 일으켜야 해. 1년이나마 일반 고등학교에서 교육받았다는 사실이 커다란 힘이 되지 않겠니? 양호학교에는 내내 병원생활만 했던 아이도 있단다. 그런 아이에 비하면 조금은 세상을 접해 보았으니까 남에게 의지만 해서는 안 된다는 것쯤 알고 있겠지?

너는 16살이란 나이에 비해 너무 아이 같은 면도 있고, 또 묘하게 조숙한 데도 있어서 균형이 잡히지 않은 사람이야. 그건 16살로서 충분한 경험을 쌓지 못해서라고 생각해. 지금부터라도 늦지 않으니 힘내 보렴. 히가시 고등학교에서 얻지 못한 것을 양호학교에서 맘껏 손에 넣어 보렴. 말썽도 좀 부려 보고 말이야.

넌 할 수 있어. 히가시 고등학교 사람들에게는 너라는 아이가 있었다는 게 얼마나 행운이었는지 몰라.”

좋은 선생님을 만나서 행복했다는 생각이 절실히 들었다.

“선생님, 다녀오겠습니다.”라고 인사하고 웃으며 헤어져야지.

시험이 끝나면 종업식까지 쉰다.

부모님께서 지난 1년간 나를 도와주고 지탱해 주었던 친구들을 집으로 초대해서 조촐한 파티를 열어 주셨다.

카드 게임을 하고 오목을 두면서 실컷 이야기를 나눴다. S에게 커피 컵, Y에게 오르골, A에게 드라이플라워를 선물로 받았다.

“아야 몫까지 열심히 공부해 주렴. 그리고 이 만년필을 보고 가끔 아야를 기억해 줘.”

엄마가 친구들과 나에게 만년필을 하나씩 나눠 주었다. 모두 말이 없었다. 드디어 이걸로 이별이구나 생각하니 눈물이 쏟아지려는 걸 간신히 참았다. 울면서 헤어지는 것만은 절대로 하지 않겠다고 마음먹었기에.

즐겁게 보낸 시간이었지만, 모두가 돌아간 후에 슬픔에 겨워 엉엉 울고 말았다.

왔다. 드디어 3월 22일이 오고야 말았다.

담담하게 식을 끝내고 교실에 들어갔다.

모두가 이별의 말을 한마디씩 써 주었다.

"그동안 여러모로 도와줘서 고마웠어. 잊지 않을게. 전학해서도 열심히 할게. 모두 아야라는 몸이 불편한 아이가 있었다는 걸 잊지 말아 줘."

커다란 목소리로 말하고 싶었지만 눈물샘이 고장 나서 눈물이 멈추지 않는 바람에 그럴 수 없었다.

S와 Y가 "아야를 돕는 게 부담될 때가 있다."라고 했다는 말을 선생님께 전해 들었다. 내 일을 생각하는 것만으로 벅차서 모두를 지치게 하다니, 모두 내 잘못이다. 더는 무슨 말을 할 수 있을까.

지나간 일들을 모두 반성했다.

"평범한 아이가 되고 싶어요."

칠월 칠석에 소원을 빌었다.

“언니가 평범한 애들이랑 어디가 다른데?”
옆에서 듣고 있던 여동생이 버럭 화를 낸다.
“사실대로 빌었는데 왜 그러는 거야?”
‘나에 대해 알고 있으면서도 좀처럼 장애인이라는 걸 인정
하기가 힘든 모양이구나.’ 하고 생각했다.

야마모토 선생님

야마모토 히로코 선생님은 아담한 몸매에 안경을 쓰고 짧은 커트 머리를 했다. 언제나 하얀 가운을 입고 반지나 귀고리로 눈에 띄지 않게 멋을 낸 모습이 산뜻하고 청결해 보인다. 선생님은 대학병원에 입원했을 때부터 나의 주치의시다.

선생님께서 나고야에 있는 후지타 보건위생대학으로 병원을 옮기신 후에도 연락해 주셔서 나도 그 병원으로 옮겼다. 머리가 좋으시고 무엇을 해도 민첩하고 확실하신 선생님은 나를 차에 태우고 다른 대학으로 검사받으러 가 주신 적도 있다. 정말로 멋진 분이다.

"선생님은 어느 고등학교 다니셨어요?"

"응, 메이와."

짤막하게 대답하신다.

수재들이 많이 다니는 학교다. 거기서 나고야 대학으로 진학하셨단다. 잘난 척하는 적도 없고 다정한 선생님이 참 좋다. 이런 선생님 앞에서 힘없이 비실거리는 내 태도는 용납이 안 된다.

통원 치료와 입원을 되풀이하면서 1년 가까이 치료해 왔지만 병이 조금씩 악화되고 있다는 건 나도 알 수 있다.

소뇌의 세포가 파괴되고 있는지 몸 전체가 불안정하다. 발이 더 당기고, 무릎을 굽히기가 어려워져서 움직이기 힘들다. 말도 한 음절씩 떼어서 발음할 수밖에 없고 목소리도 크게 나오지 않는다. 웃을 때 '하하하' 소리를 내려고 해도 '와와'라고밖에 나오지 않는다. 음식물이 목에 걸리는 일이 잦고 혀를 움직이는 것도 힘들어졌다.

이번에 병원에 가면 내 병이 앞으로 어떻게 진행될지 숨기지 말고 확실히 알려 달라고 부탁해야겠다. 대답을 듣는 건 무섭지만, 현실을 똑바로 보지 않으면 안 된다. 그 대답에 따라 내가 세운 장래 계획을 바꿔야 할지도 모르니까.

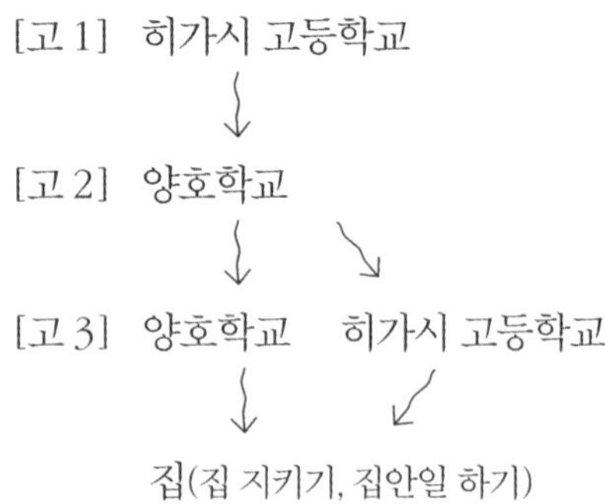

히가시 고등학교로 돌아가는 건 무리라고 생각하지만, 아무튼 정신 바짝 차리고 고등학교 2학년 생활을 하기 위해서는 그런 희망을 남겨 놓는 게 필요했다.

꽃무늬 스커트

"아야를 데리고 다 같이 쇼핑센터에 가자. 거기에 휠체어도 있다고 하니까 야야도 함께 갈 수 있어."

엄마가 여기저기에 전화하더니, 아래층에서 큰 소리로 부른다.

모두가 집에 있는 봄방학. 외출 준비에 시간이 걸리는 나를 기다려 겨우 차에 태우고 출발, 15분 정도 달려서 쇼핑센터에 도착했다.

늘 가지고 다니는 손지갑을 목에 걸고 동생이 밀어 주는 휠체어에 타고 의류 판매장을 천천히 구경하며 돌았다. 나한테는 모든 게 신기할 뿐이었다. 예쁜 스커트가 있었다. 입어 보고 싶었다. 나는 기어 다니다 보니 무릎이 아파서 바지만 입는다. 나에게 스커트는 동경의 대상이다. 용기를 내서 손가락으로 가리켰다.

"스커트가 하나쯤 있어도 좋겠다. 날이 따뜻해지니까." 하며 엄마가 사 주었다.

아주 좋았다. 꽃무늬 스커트에 하얀 레이스가 달린 블라우스를 입고 서면 모두 귀엽다고 말해 줄까? 한 번이라도 좋으니 그런 말을 듣고 싶다.

기숙사에 들어갈 준비로 속옷과 양말, 담요 등을 쇼핑백 하나 가득 샀다. 갑자기 슬퍼졌다. 이제 며칠만 있으면 기숙사에 들어간다. 가족과 헤어져 생활해야 한다. 울지 않겠다고 결심했는데 별수 없이 또 눈물이 흐른다.

강해져라 ,아야. 무슨 일이 생기더라도 끄떡없이 흘려보낼 수 있는, 그런 의젓한 사람이 되자.

의자 + 차 = 전동 휠체어

"아야, 자동차 사 줄게."

"응?"

"복도에는 손잡이가 있지만, 길을 건널 때는 위험하잖아. 서 있다가 주저앉아서 기어가고, 다시 일어나야 하고. 또 시간이 없을 때는 마음이 급해서 동작을 바꾸다가 곧잘 넘어지곤 하잖아. 혼자서 밖에 나가고 싶어도 그러지 못하고. 그럴 때 전동 휠체어가 있으면 팔에 힘을 안 들이고도 편하게 움직일 수 있어. 게다가 언덕길도 문제없고, 속도도 시속 5킬로미터 정도라서 걷는 속도와 같다는구나. 위험하지 않고 사용법도 간단하다니까 너한테 딱 알맞을 거야.

다만, 게을러져서는 안 된다. 휠체어에 너무 의존하면 안 돼. 네 힘으로 움직여야 해. 훈련은 빠지지 않고 잘하고 있는 거지?”

'이제 자유롭게 외출할 수 있다.'라고 생각하니 기쁘다. 단번에 세상이 넓어진 것 같은 기분이다.

책 제목을 적어서 사다 달라고 부탁하지 않아도 이것저것 서점에서 직접 살 수가 있다니 꿈만 같다. 좋았어! 양호학교에 갈 때까지 사용법을 익혀서 외출해 봐야지.

자동차 회사에서 휠체어를 가져다 주었다. 조립하는 모습을 지켜보았다. 아래쪽에 건전지 두 개를 넣으면 모터로 바퀴가 움직인다.

“아야, 한번 타 보렴. 이 손잡이를 잡고 전후좌우, 가고 싶은 방향으로 움직이면 돼.”

앉아 봤다. 손잡이를 조금 앞쪽으로 미니 움직였다. 작은 소리를 내며 움직이고, 한 바퀴 돌기도 한다. 열심히 연습하다가 금세 내 나쁜 버릇대로 눈물이 났다.

엄마가 “왜 그러니?” 하고 묻는다.

“오랜만에 자유롭게 움직이니 좋아서.”라고 답했지만, 마음이 복잡해서 말로 표현할 수가 없었다.

서점에 갈 수 있을 때까지 연습하자. 창 밖을 보니 비가 내리고 있었다.

부엌 바닥을 닦고 화장실 청소도 아주 열심히 했다. 뭔가에 에너지를 쏟아붓고 싶었다.

공부해도 진도가 안 나간다(그러면서도 아직 학생의 마음가짐이 사라지지 않았구나 싶어 혼자 회심의 미소를 짓는다).

막냇동생은 휠체어를 의자라 부르고, 아빠는 차라고 하니, 둘을 합쳐서 '의자 차'라고 해야지.

고등학교 1학년 때, 동생이 병원 복도에 세워 놓은 휠체어를 타고 놀려고 하자, 엄마가 "휠체어를 타고 놀면 안 돼. 휠체어를 탈 수밖에 없는 사람들을 모욕하는 게 되니까."라고 하셨다.

나는 지금도 그 말을 잊지 못한다.

《밤과 안개》(유대인 심리학자인 빅토르 프랑클이 아우슈비츠 강제수용소에서 기적적으로 살아남은 자신의 체험을 담은 책_옮긴이)라는 책에 나오는 아우슈비츠 수용소 사람들과 장애인인 나 자신을 금세 연결지어 생각해 버린다. 점점 무감각해지는 것도 닮았잖아.

자연스레 모인 장애인 친구들의 모임인 '민들레회' 회원들이 카페에 데려가 주었다. '바로크'라는 가게인데 쳄발로가 놓여 있었다. "다음엔, 연주할 때 보러 오고 싶어요."라고 하자, 야마구치 씨가 싱긋 웃었다.

준네 집에 들렀다. 쥰은 귀가 들리지 않지만, 수화를 써서 적극적으로 대화에 참여한다.

쥰의 표정은 너무 귀엽다.

수화도 조금 배웠다. 더 잘해서 쥰과 마음이 통하는 친구가 되고 싶다.

쥰의 엄마는 우리 엄마와 느낌이 참 많이 닮았다.

〈친구들에게 배운 것〉
1. 장애인이라고 풀이 죽어 있기만 하면 결코 자신을 바꿀 수 없다.
2. 이미 사라진 것을 되찾으려 하기보다는 나에게 남아 있는 것을 더 갈고 닦아야 한다.
3. 머리가 좋다는 생각은 하지 말자. 비참해질 뿐이다.

전학 그리고 기숙사 생활

생활용품을 차에 싣고 기숙사에 들어갔다. 새 학기를 맞아 다른 아이들도 기숙사에 돌아왔다. 커다란 방이 교실처럼 줄지어 있다. 방 안에는 가운데에 복도가 있고 좌우로 다다미가 깔려 있다. 그리고 책상, 책상 등, 사물함이 개인별로 나뉘어 있다. 벽장에서 가장 가까운 곳이 이제부터 내가 살아갈 성이다.

엄마는 "이건 지금 필요 없으니까 위쪽에 넣고 이건 항상 사용하는 것이니까 가까운 곳에 놓을게."라며 방 여기저기를 쓰기 좋게 정리해 주었다.

나 외에도 아이들이 몇 명 있었는데, 역시 엄마들이 묵묵히 짐을 정리해 주고 있었다. 아무도 나를 의식하지 않는 게 좋은 일인지, 나쁜 일인지……

"빨리 히가시 고등학교를 잊고 이 학교 학생이 되거라."
스즈키 선생님께서 말씀하셨다.
'빨리' 잊기 위해 히가시 고등학교의 배지와 이름표를 떼어 서랍 깊숙한 곳에 넣었다.

발걸음을 떼기가 몹시 어려워졌다. 복도 벽에 달린 손잡이를 필사적으로 잡고 "무섭지 않아, 무섭지 않아."라고 자신에게 말했다.
"혹시 나는 이제……."
슬픈 일이 기다리고 있을 것만 같다. 눈물이 흘러내렸다.

"인간은 걸을 수 있게 만들어졌다!"라는 선생님의 말씀이 가슴을 때린다. 그래, 맞는 말씀이다. 혼자 걷기를 선언한다. 자, 출발!

교실에 가다가 넘어져서 울고 있는데, 한 선생님께서 지나가시면서 "슬프니?" 하고 묻는다.
"슬픈 것보다 분해요."라고 답했다.
인간은 왜 다리로 서서 걷는 걸까? 척척 잘 움직이는 다리로 멀어져 가는 친구들을 바라보며 당연한 것을 물어본다.

걷는다는 건, 정말 대단한 일입니다.

여기에 오길 잘했다고 생각합니다.

창 너머로 야구 경기를 하는 아이들을 보고…….

복도에서 선생님과 씨름하는 아이들을 보고…….

그래도 이곳에 익숙해지는 건 싫습니다.

이도 저도 아니게 마음이 허공을 맴돌 때가 있습니다.

히가시 고등학교의 학생이 아니라는 건 잘 알고 있지만, 양호학교 학생이라는 게 실감이 나지 않습니다.

모르는 사람이 "어느 학교에 다니니?"라고 물으면, 전 뭐라고 대답해야 할까요?

엄마의 흰머리

교실에서 A 선생님께 "허리를 펴고 걸으니까 잘 걸을 수 있게 되었구나' 하고 선생님께서 좋아해 주시는 꿈을 꾸었어요." 하고 이야기했다.

선생님께서 "지금까지는 공부만 생각하면 됐지만, 빨래도 해야 하고 당번도 맡아야 하니 힘들지?" 하시며, 진행성 근무력증 환자인 어떤 아이가 쓴 시를 들려주셨다.

"'하나님은 내게 장애를 내리셨다. 왜냐하면, 나에게는 이를 견뎌 낼 힘이 있다고 믿으시기 때문에.' 이렇게까지 생각하는 건 왠지 히틀러 같다는 생각도 들지만 말이야."

"그렇지만 선생님, 저도 그렇게 생각한 적이 있는 걸요. '나는 돌연변이다. 나는 수많은 사람을 희생시키며 산다.'라며 말도 안 되는 생각을 하곤 했어요. 그렇게 많은 생각을 하며, 저 자신을 위로하며 여기까지 온 걸요.”

비가 갠 후에 보니 창문 밖으로 아름다운 무지개가 걸려 있었다. 서둘러 휠체어에 타고 밖으로 나갔다.

한 친구가 “휠체어 타는 사람은 좋겠다.”란다.

말도 안 돼! 볏짚 인형으로 저주를 걸어 주겠어!

“넌, 걸을 수 있잖아!”라고 되받아치고 싶었지만 아름다운 무지개 앞이라 그만두었다.

매주 토요일에는 아빠나 엄마가 데리러 오셔서, 집에 가서 하룻밤 자고 돌아온다.

그럴 때면, 늘 어딘가에 새로운 상처가 생긴 나를 보며, “잘 넘어지니?”라고 엄마가 묻는다.

“응, 엄마. 늘 시간에 쫓겨. 몸이 느리니까 기숙사 보모님께 새벽 4시쯤에 깨워 달라고 해서 공부해야 해요. 안 그러면 하루 일과를 제대로 따라갈 수가 없어서. 그래도 서둘러야 할 때가 생기면 몸이 굳어서 어쩔 수 없이 넘어져 버려.”

가능한 한 ‘걷자’라는 생각에 외출할 때 말고는 휠체어에 타지 않지만, 급할 때나 멀리 있는 도서실에 갈 때는 휠체어를 타서 시간을 아끼자.

　휠체어를 타고 등교하자(사실은 휠체어를 탄다는 사실보다 "난 이제 틀렸어. 난 걸을 수 없어." 하는 생각이 들어 너무 슬프다).

　기숙사 보모님과 복도에서 만났다.

　"안녕."

　"어, 휠체어로 가니? 아야는 편해서 좋겠다!"

　가슴이 턱 막히고 숨을 쉴 수 없을 정도로 억울했다. 도대체 뭐가 편하다는 거야! 난 걷고 싶다고. 걸을 수 없게 된 것도 괴로운데, 누군 좋아서 휠체어를 타는 줄 알아! 재미있어서 타는 줄 아는 거냐고!

　머리를 쥐어뜯고 싶어진다.

　내 병이 더 악화되었는지 엄마의 흰머리가 눈에 띄게 늘었다.

장애인을 이해한다는 것

기분까지 활짝 개는 화창한 봄날이다.

오늘은 소운동회 날이자 어머니날(5월의 두 번째 일요일_옮긴이)이다. 게다가 덤으로 여동생의 생일까지. 축하할 일이 가득한 하루다.

오카자키에 사는 사촌 에미에게 만나러 오라고 전화했다. 내가 얼마나 열심히 살고 있는지 보여 주고 싶었다.

에미와는 어릴 때부터 단짝이었다. 한이불을 덮고 자고, 방학이 되면 서로 양쪽 집을 번갈아 오가면서 지내기도 했다.

에미는 하얀 블라우스에 플레어스커트를 입고 빨간 샌들을 신고 왔다. 곱슬머리에는 금색 핀을 꽂았다. 긴 속눈썹에 커다란 눈을 한 에미는 고등학교 3학년이라고 할 수 없을 만큼 멋졌다. 에미는 사내아이 같아서 남자애라고 오해할 것 같은 여동생 가오리와 함께 와 주었다.

운동장 한구석 잘 보이지 않는 곳에 클로버가 무성한 곳이 있다. 우리 셋은 그곳에 앉아 네 잎 클로버를 찾았다. 엄마한테 행운을 드리고 싶었다.

"네 잎 클로버가 있을까?" 에미가 말했다.

나는 아까부터 생각하고 있던 이야기를 꺼냈다.

"저기 말이야, 네 잎 클로버는 세 잎 클로버의 기형이잖아? 행복하다는 건, 기형인 걸까?"

에미는 조금 생각해 보고, "희귀해서 그런 것 아닐까?" 하고 답했다.

그래, 행복이란 건 그렇게 쉽게 찾을 수 있는 게 아니야. 그래서 간신히 찾았을 때, 찾아보길 잘했다고 생각하며 행복을 느끼는 걸 거야.

오늘, 넘어져서 상처가 났다. 울어 버렸다. 더욱 강해지지 않으면 안 된다.

아침에 서둘렀던 탓인지, 마음이 조급했던 탓인지 발을 내밀려고 해도 앞으로 나가지 않았다. 당연한 일이지만, 몸이 먼저 앞으로 기우는 바람에 난간을 있는 힘껏 잡고 있었는데도 몸을 지탱하지 못하고 꽈당 넘어졌다.

들것에 실려 양호실로 옮겨지면서 연결 통로를 지날 때 푸른 하늘이 살짝 보였다.

'아아, 누워서 푸른 하늘을 올려다보는 건 참 오랜만이야.'

양호실 창밖으로도 하늘이 보였다.

푸른 하늘에 흰 구름이 아주 예쁘게 흘러가고 있었다.

그래, 숨이 막힐 때는 하늘을 보자.

사카모토 큐(일본의 대중가수. 사카모토 큐가 1961년에 발표한 위를 보며 걷자는 일본은 물론 미국에서도 큰 인기를 누렸음_옮긴이)의 노래가 생각난다.

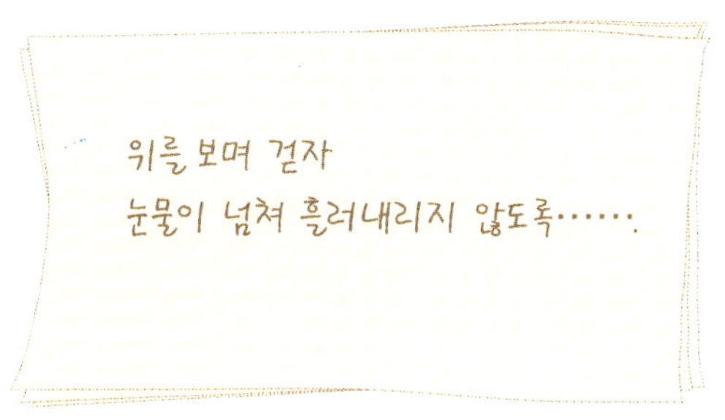

그래, 그렇게 하는 거야.

한 시간쯤 자고 나니 기분이 한결 나아졌다. 자리에서 일어나 화장실에 갔다.

로댕이 조각한 *생각하는 사람*은 화장실에 앉아 있다가 떠오른 아이디어가 아니었을까, 하고 변기에 앉아 생각했다.

내가 마치 굼벵이 같다는 생각이 들어 견딜 수가 없다.

어제는 건물과 건물의 연결통로를 건너는 데 20분이나 걸려 겨우 도서실에 도착했다. 너무 늦어서 도서실 담당직원이 보이지 않았다. 울상이 되어 겨우《시턴 동물기》(동물학자, 소설가, 화가 등으로 활동한 어니스트 시턴의 작품_옮긴이)를 빌렸다. 문이 잠겨 있으면 교내전화로 기숙사에 연락하면 된다는 건 알고 있었지만 눈물이 났다.

오늘은 겨우 4시 무렵이었는데, "어서 돌아가라. 책을 빌리려면 좀 빨리 와야지!" 하며 도서실 담당직원이 등을 떠밀어 돌려보낸다.

너무 화가 난다. 그리고 처량해진다. 다른 사람보다 행동이 느리니 생활하는 것만 해도 벅차다. 그러니 나 자신을 위한 시간 같은 건 찾을 수 없다. 아무리 노력한다 해도 어쩔 수 없다.

동물원으로 소풍을 갔다. 동물원 같은 건 정말 싫다.

오랑우탄의 슬픈 얼굴, 돌을 던지는 침팬지, 제대로 물고기를 잡지 못하는 펭귄, 너덜너덜한 타조.

보고 있자니 지치고 우울해졌다.

기숙사의 당번제가 정말 싫다. 단체생활을 하려면 필요한 제도이니 어쩔 수 없지만……

나는 행동이 느려서 남들과 함께할 때면 아무리 노력해도 한두 발 늦게 마련이다. 부족한 시간을 따라잡으려고 아침 체조에 나갈 때는 방 청소를 반만 마치고 미리 나간다.

그런데 돌아오니 방장이 "아야, 방 청소 안 했지? 화장실 수건과 쓰레기 어서 치워!" 하고 다그친다.

'안 했다.'라고 일방적으로 단정하고 몰아세우는 것을 듣고 있자니 억울했다.

'모든 걸 용서하라. 참기 어려운 것을 참고, 인내하기 어려운 것을 인내하고…….'

하나님은 나에게 얼마만큼이나 괴로워야 한다고 가르치시는 걸까? 이런 생각이 나를 약하게 만들고 말았다.

만일 내가 좀 더 빨리 움직일 수 있다면 기쁘게 화장실을 청소하러 갔겠지. 내 의지를 확실히 주장하지도 못하고 결국 나는 '두고 보자!'라고 생각하며 아무 말도 못 하고 방을 나왔다.

기숙사 보모님이 지나가면서 "단체생활을 하면서 울면 안 돼." 하신다.

나더러 도대체 어쩌라고…….

집에 돌아왔다. 새장을 청소했다.

걸을 때 왼쪽 엉덩이 관절 안쪽이 아프다.

왼쪽 다리도 이제 못 쓰게 되는 걸까? 한숨이 나온다.

왼쪽 손의 움직임이 자연스럽지 않다. 손가락을 벌리거나 굽히거나 할 때 손가락이 각자 따로따로 움직인다. 소름이 끼친다. 왼쪽 가슴과 팔 사이, 그리고 오른쪽 엉덩이도 아프다. 넘어질 때 부딪쳤을까? 또 파스를 붙여야겠다.

오른쪽 발과 무릎이 욱신거린다. 올 것이 온 걸까?

욕실에 들어가면 "넘어져서 다친 허리, 어깨, 여기저기가 아픈 불쌍한 내 몸." 하고 중얼거리며 주무른다.

오늘부터 10분씩 걸어 보자. 어디까지 걸을 수 있을까? 한번 해 보자고!

이대로라면 고등학교 3학년 때부터는 인간의 표고(사람이 서 있을 때 눈의 높이) 1.2미터를 유지할 수 없게 된다.

3학년들의 수학여행 사진을 보았다. 나는 내년에 갈 수 있을까? 나 자신이 장애인이라고 인정하려면, 우선 '나에게는 장애가 있다'라는 사실을 진심으로 받아들이고, 거기에서부터 모든 걸 시작해야 한다. 또 옛날의 건강했던 나를 잊어버려야만 한다.

꿈속에서 나는 여전히 달릴 수 있다. 프로이트의 꿈 해석에 따르면, 이건 달리고 싶다는 욕구가 강하기 때문이란다. 물론, 당연한 이야기이지만.

내일은 댄스 발표회다. 장애인이라는 인식이 아직 부족한지, 예쁘게 추는 모습을 보여 주고 싶다는 마음을 버릴 수 없다. 열심히 연습해 보았지만 잘 안 된다.

피곤한 몸으로 돌아오는데 휠체어의 모터 소리가 힘들어하는 것처럼 들린다.

"힘내라! 무겁지? 미안해."

35킬로그램이란 몸무게에 책임감을 느낀다.

오늘 나는 의욕이 넘치는 걸까?

아니야. 어쩔 수 없으니 하는 것뿐이다.

아침 체조를 하고, 식사하고, 세탁하고, 쓰레기를 버리고, 점호에 나가고…….

보모님이 "아침엔 바쁘구나." 하신다.

"저는 평생 바빠요."라고 쿨하게 대답했으면 좋았을 텐데, 마침 얼굴에 경련이 일고 있었다.

인간이 인간답게, 그리고 인간적으로 뭔가를 생각할 수 있는 건, 걷고 있을 때이다. 사장님도 책상 앞에서 왔다 갔다 하며 어떻게 돈을 벌 수 있을까 생각하잖아. 그래서 연인끼리도 걸으면서 장래를 이야기하는 걸까?

교실에 멍하니 앉아 있었다. 혼자서…….

초등학교 때는 복도를 뛰어다니거나 책상을 덜컥대다가 선생님께 혼나기도 했었지. 교실 창문에서 복도로 뛰어내리다가 엉덩이를 맞은 남자아이도 있었지.

그때 난 그런 장난도 치지 않고 그냥 웃고만 있었던가? 할 수 있을 때 해 봤으면 좋았을걸.

창문에서 뛰어내리는 것 정도야……. 주위엔 아무도 없고, 창문이 있고, 거기에 내가 있었다.

콰당.

"뭐 하는 거니. 위험하잖아!"

또 양호실 신세를 지고 말았다. 선생님께 '자해하는 아이'라는 말까지 들었다. 아팠지만 기어서라도 창문으로 나왔다는 데 만족했다. 다시는 안 할게요.

따뜻해지면 조금은 나아질 거라 기대했지만 나아지긴커녕 나빠지기만 한다. 여름방학 때 입원하면 다시 신약의 효과를 볼 수 있지 않을까 생각하고 병원에 갔는데, 내게 돌아온 냉정한 말은, 신약이 들어오지 않아서 이번 여름방학에는 입원할 수 없단다. 의학으로부터도 내팽개쳐진 것 같은 느낌.

절벽 끝에서 떠밀려 떨어진 것 같다. 머리를 망치로 맞은 것 같은 절망감이 가득하다.

17살의 버킷리스트

해 보고 싶은 것, 할 수 없는 것

엄마 아빠는 귀여운 노트 다섯 권과 편지 세트.

여동생은 모래시계.

큰 남동생은 4색 볼펜. (17살이 되면 훌쩍거리지 말란다.)

그리고 막내는 《하얀 사람, 노란 사람》(일본의 소설가 엔도 슈사쿠의 첫 번째 단편소설집_옮긴이)이라는 책을 선물해 주었다.

17살이 되면 레코드점에 가 보고 싶다.

휠체어를 타도 혼자서 차가 다니는 큰길에 나가는 건 어렵다. 손이 생각대로 움직이지 않고 운전도 실수할 때가 잦다.

만약 서점에 갈 수 있다면 《바람과 함께 사라지다》와 《암야행로》(일본의 소설가 시가 나오야의 대표적인 장편소설_옮긴이)를

사자. 레코드점에 간다면 폴 모리아(프랑스의 작곡가, 지휘자, 파
아니스트, 쳄발로 연주자_옮긴이)의 음반을 사자.

욕실에서 넘어졌다.

발끝으로 몸의 균형을 잡지 못하고(이제는 영영 그게 안 될지
도 모르지만) 엉덩방아를 찧듯이 넘어지고 말았다. 다친 곳은
없지만 무섭다.

자연히 나아질까?

17살이 되었다. 앞으로 몇 년을 더 싸워야 하나님은 나를
용서해 주실까?

나는 엄마의 지금 나이인 42살이 된 나를 상상할 수 없다.

히가시 고등학교를 2학년 때 그만두리라고는 상상조차 못
했듯이 42살까지 산다는 것도 상상할 수 없다.

불안하다. 하지만 살고 싶다.

이전에는 서둘러야지 하면 서두를 수 있었다.

지금은 아무리 서두르려고 해도 빨리 움직일 수가 없다. 이
러다가 서두르는 마음마저 없어지는 게 아닐까.

하나님, 왜 저에게 이런 고통을 주셨나요?

아니다. 사람은 누구나 다 저마다의 고통을 안고 있을지도
모른다. 하지만 왜 나만 비참해지는 걸까?

오늘 또 넘어졌다. 이번에는 심하게 넘어졌다.

목욕하러 욕실에 들어갈 때는 엄마나 여동생이 옷 벗는 걸 도와준다. 그리고 엄마가 욕실 바닥에 여러 번 더운물을 끼얹어서 좀 따뜻해지면, 나는 욕조까지 기어간다.

욕조 가장자리를 잡고 일어서는 순간 엉덩방아를 찧고 말았는데, 마침 그 밑에 비눗갑이 있었다. 비눗갑이 깨지면서 파편이 엉덩이에 박혔다. 으악, 하고 소리를 질렀다.

"왜 그러니?" 엄마가 놀라서 달려왔다.

물에 피가 떨어져 붉은 강을 이루고 있는 것을 본 엄마는 내 엉덩이를 수건으로 꽉 누르고는 아직 젖지 않은 몸에 더운물을 쫙쫙 끼얹어 주었다. 그리고 여동생과 둘이서 나를 들어 옮기고는 재빠르게 몸을 닦아 준 뒤 잠옷을 입혔다. 엉덩이의 상처는 가제로 덮었다.

"엉덩이가 조금 찢어졌으니 병원에 가자."

병원에서 두 바늘 꿰매고 9시에 집으로 돌아왔다. 지쳤다.

불의의 사고였다. 넘어진 순간에 도대체 무슨 일이 생겼던 건지 나 자신도 알 수 없다. 발이 걸렸다든지, 손이 미끄러졌다든지 하는 사고의 원인이 없었기 때문이다.

내 신경이 한순간 멈춰 버렸던 걸까? 아니면 신경이 아예 작동하지 않은 걸까?

집에서 보내는 여름방학

전학하고 처음 맞는 여름방학이다. 집에서 오랫동안 지낼 수 있다는 생각에 기뻐서 잠이 오지 않았다. 신약이 들어오지 않아서 방학 때 입원할 수 없다는 건 아쉽지만, 이번 신약은 주사가 아니라 알약으로 열심히 개발하고 있다고 하니 기다릴 수밖에.

점심시간 전에, 나이 지긋한 아저씨 한 분이 집에 찾아오셨다.

"결혼식장에서 왔는데, 어머니는 안 계시니?"

"외출하셨는데요."

동생이 현관에서 대답했다. 5분 후에는 몸집이 작은 아주머니께서 찾아오셨다.

"결혼식장에서 왔는데요."

"아까도 한 분이 다녀가셨는데요."

내가 2층에서 대답했다.

"할머니세요?"

현관에 있던 남동생이 깔깔거리며 웃었다.

"말을 너무 느리게 하시기에 그만……."

너무해 정말. 열일곱 살에게 할머니라니.

저녁때 여동생이 그 이야기를 엄마에게 하는 걸 듣고 슬퍼졌다. 역시 나는 인정할 수 없는 거다. 나는 지금도 장애라는 말을 들으면 너무 마음이 쓰인다.

저녁 준비를 도왔다.

"부추와 다진 고기를 섞어 줄래?" 엄마가 말했다.

뭐? 만두야? 순간 얼굴을 찡그렸다. 난 만두가 싫다. 하지만 오늘 저녁의 주된 메뉴는 초밥이니 다행이다.

달걀 네 개를 깨서 불에 올리고 젓다가 I 선생님께서 해 주신 말씀이 떠올랐다.

선생님은 매일 아침밥을 지을 때 타이머를 미리 맞춰 놓지 않고 일부러 일어나서 스위치를 누른다고 하신다. 기계에 의존하지 않는 정신을 본받아야겠다. 학교 캠핑에서 아침을 준비할 때, 내가 차를 마시다 목에 걸려 캑캑 거리는 것을 보고

등을 쓰다듬어 주시던 다정한 선생님이시다.

초밥을 만들려고 밥을 식히다가 허벅지 안쪽을 2센티미터 정도 데고 말았다(밥그릇을 다리 사이에 끼고 있어서였다). 하얀 피부에 희미하게 붉은 기운이 도는 게 예뻐 보였다.

장애인 모임인 민들레회 회원들은 낮에 일하고 밤에 모여 〈지하수〉라는 잡지를 만들고 있다. 여름방학이라 집에 돌아왔다고 하자 모임에 나오라고 했다.

"엄마, 여자아이가 밤에 다니는 거, 이상해 보여요?"

"좋은 분들과 함께니까 괜찮아. 그래도 밤이라서 좀 위험할까?" 엄마가 말했다.

저녁에 야마구치 씨가 차로 데리러 오시기로 했다.

외출하면서 소파에 누워 텔레비전을 보고 있는 아빠에게 "잠깐 다녀올게요." 하자, 반주하신 탓에 얼굴이 붉어진 아빠가 "어린 여자애가 밤에 나가는 게 걱정되니까 앞으론 낮에 나가렴." 하신다.

평소에는 우리 일에 별로 간섭하지 않는 아빠가 주의하라고 신경 써 주시는 게 의외라 기뻤다.

아빠는 좀 내성적이지만 멋진 분이시다. 그래서 술을 한잔 드신 아빠가 평소 때의 아빠보다 더 멋있다.

자문자답

엄마에게 죄송한 짓을 하고 말았다.

엄마가 몇 종류나 되는 내 약을 먹기 좋게 1회분씩 정리해 주고 있었는데, 나는 모른 척하며 침대에 드러누워 있었다. 배가 조금 아파서였다. 그렇다 해도 내 행동은 잘못된 것이었다. 양심의 가책이 느껴졌는지 사토 하치로(일본의 시인이자 동요 작사가_옮긴이)의 시집《어머니 2》가 읽고 싶어져 책장으로 손을 뻗었다.

"어째서 이렇게 공부를 안 하니?"

"몰라."

"열심히 일하시는 부모님께 죄송스럽다는 생각도 안 드니?"

“그런 생각은 들어. 그래도 공부가 안되는걸.”

“그건 어리광이야. 세상을 좀 돌아봐. 혼자서 열심히 해내는 사람은 얼마든지 있어. 실제로 1년 전에는 너도…….”

“그만해. ‘공부가 전부는 아니잖아.’라는 말을 듣고 나서는 혼란스럽단 말이야.”

결국, 나는 아무것도 하지 못하고 여름방학을 보내고 말았다. 새 학기가 두렵다.

내 몸의 변화는 나 자신이 가장 잘 안다. 그러나 이게 일시적인 변화인지 슬슬 이렇게 나빠지는 것인지는 잘 모르겠다.

야마모토 선생님께 여쭤 보았다.

1. 엉덩이 관절이 잘 움직이지 않는다. 앞뒤로는 움직이는데 양옆으로는 거의 벌어지지 않는다(발이 게처럼 옮겨지지 않는다).
2. ‘ㅁ’과 ‘ㅂ’을 발음하기 어렵다.

선생님께서 연습하면 좋아질 거라고 격려해 주셨다. 그리고 몸을 유연하게 만드는 약을 처방해 주시기로 했다.

내 병에 대해 거짓 없이 듣고 싶었지만, 역시 물어보기가 두렵다. 그런 것과 상관없이 지금 이 순간을 열심히 살면 되지 않을까?

"아야는 히가시 고등학교에 다닐 수 없어서 양호학교로 전학했고 여기에서도 중증에 속하잖아. 만약에 여기에서도 나가라고 하면 어쩌나 점점 걱정되지? 이 세상에 태어난 귀중한 생명인데, 있을 곳 정도는 걱정하지 않아도 돼. 혹시라도 집에서 지내게 되면 햇빛이 잘 들어오는 따뜻하고 밝은 방으로 고쳐 줄게."

돌아오는 차 안에서 엄마가 힘주어 말했다.

'아니에요, 엄마. 편안하게 살 곳을 찾으려는 게 아니에요. 그냥, 어떻게 살아야 할지 그 답을 찾고 있어요.'

엄마는 침울한 표정으로 있는 나를 위로하려고 그런 말을 하신 거다. 그래서 마음속으로만 이렇게 소리쳤다.

울고 난 후 얼굴을 씻으려고 세면대에 가서 거울을 봤다.

"왜 이렇게 생기 없는 얼굴이 된 걸까?"

예쁘진 않아도 귀여운 구석이 있는 얼굴이라고 동생에게 자랑하듯 말한 적이 있는데, 이젠 그런 말은 못 하겠다.

이제 나에게 남은 표정은 울기, 슬쩍 미소 짓기, 심각한 얼굴 하기, 심통 부리기 정도이다. 생기 있는 표정은 한 시간도 짓고 있기 어렵다.

노래도 부를 수 없다. 입 주변에 틱 증상이 일어나고 배의 근력이 떨어져서 겨우 모깃소리 정도밖에 나오지 않는다.

오늘까지 일주일 동안 매일 하얀색 알약을 먹었다.

말하는 속도가 조금 빨라지고 음식 넘기기도 수월해졌다. 오른쪽 다리의 긴장도 조금 완화된 것 같다. 그러나 여전히 발을 내딛기 어렵고 가끔 통증이 느껴진다.

여름방학도 이제 끝이다.

방학 동안 제대로 끝까지 해낸 것은 잉꼬 돌보기뿐이다. 잉꼬는 내 손과 어깨에 올라 새장 청소가 끝날 때까지 기다린다.

물과 모이를 갈아 주고, 손에 올려서 한 마리씩 새장의 작은 창으로 넣어 준다.

새들이 "고마워."라고 지저귄다.

"아니야, 너희가 좋아해 준다면 얼마든지 해 줄 수 있어."

잉꼬와 이야기하다 보면 금세 한 시간이 지나간다. 잉꼬가 날아가지 못하게 문을 다 닫아 놓고 청소하다 보니, 새장 청소를 끝내고 나면 땀으로 흠뻑 젖곤 한다.

17살의 가을

엄마와 여동생이 학교 문화제를 보러 왔다. 엄마는 선생님들이 무대에서 춤추는 모습을 보고 눈물이 났다고 한다.

"왜?"

"아주 열심히 추셔서. 일반 학교라면 학생들이 춤을 추는데, 이곳에서는 선생님들이 학생과 함께 열심히 춤을 추잖아. 그 모습을 보니 아주 감동해서 저절로 눈물이 나왔단다. 그리고 원숭이 역할을 맡았던 뇌성마비 환자 아이 말이야. 그 아이는 원래 그렇게밖에 걷지 못하니까 딱 맞는 역할이었잖아. 다른 사람들은 그 모습을 보고 웃었지만 엄만 눈물이 나오더라."

내가 울보인 건 엄마를 닮아서인가 보다.

"그런데 엄마, 나 학기 초에 어떤 여자아이가 넘어지는 걸

봤는데, 그 애가 넘어져서도 웃음을 잃지 않는 거야. 그 모습을 보고, '아, 초인적이다. 나도 저렇게 강해질 수 있을까?' 하고 생각했는데, 나도 요즘에는 넘어져도 웃을 수 있게 되었어. 엄마, 아까 그 아이는, 분명히 걷는 모습이 우스워서가 아니라, 입고 있는 의상이 우스워서 모두 웃었을 거야."

양호학교에도 운동회가 있을 것이라고는 생각하지 못했다. 걷지도 못하는데 어떻게 행진을 할까 싶었다. 그런데 이곳 운동회에는 부족한 점은 서로 도와 완성한다는 충만감이 있었다.

중증 환자들의 창작 댄스는 우리끼리 생각해서 만들었다.

낙엽이 지는 장면에서 나는 바보같이 그룹을 잘못 찾은 데다가, 낙엽마저 떨어뜨리고 말았다. 하지만 나는 열심히(마음속으로는) 나비처럼 춤을 추었다.

사실, 중증장애인뿐이라 완벽하게 하는 것 자체가 무리라고 생각했다. 그런데 도서관에서 예전 비디오 자료를 보고는 깜짝 놀랐다. 아주 잘하는 거였다.

춤을 추면서 올려다본 하늘이 상쾌하고 푸르렀다.

히가시 고등학교의 운동회와 가장 다른 점은 내가 관찰자에서 당사자가 되었다는 점이다. 그리고 중증장애인이라서 아무것도 할 수 없다던 생각이 하면 된다는 생각으로 바뀌었다는 것이다.

“아야, 뭐든지 하려고만 하면 얼마든지 할 수 있어. 이제부터가 진짜야.”

“낙엽을 떨어뜨린 덕분에 오히려 활기를 띠게 되었어.”

선생님들께서 위로해 주셨다.

“내가 바로 당사자라는 것을 자각하면서부터 아야의 마음속에 변화가 생기기 시작한 거란다.” 하고 야마모토 선생님께서 말씀해 주셨다.

장기 연수에 갔다 돌아오신 스즈키 선생님께서 가장 장애가 심한 아이들과 생활하면서 배운 점을 이야기해 주셨다.

“10살인데도 정신연령은 갓난아이와 같고 어떤 것에도 반응하지 않는 아이, 돌이든 흙이든 일단 입에 집어넣고 보는 아이 등을 실제로 보면, 한 살짜리 아이에게는 한 살에 맞는 지도 방법이 따로 있다는 걸 알게 돼. 장애인 한 명 한 명에게 딱 알맞은 방법을 찾고 지도하는 데는 끝없는 노력과 연구가 필요하지. 중증장애인인 아야와 나도 서로 노력하고 있잖니? 우리 더 힘내자!”

몸이 나빠지는 만큼 지능도 떨어진다면 이렇게 괴롭지는 않을 텐데, 하고 생각한 적이 있다. 선생님의 말씀을 들으니 죄송하고 부끄러운 마음이 들었다.

초등학교 때는 크면 의사가 되고 싶었고, 중학교 때는 대학에서 복지를 공부하고 싶었다. 그리고 히가시 고등학교 때는 문학 계통으로 진학하고 싶었다. 하지만 꿈은 바뀌어도 다른 사람에게 도움이 되는 일을 하고 싶다는 생각만은 한결같았다. 그런데 지금은 목표를 정할 수가 없다. 그래도 졸업한 후에 몸이 불편한 아이들의 식사를 도와주는 정도의 일은 할 수 있지 않을까? 손을 잡아 사람의 따스함을 전해 주고 싶다.

조금이라도 세상에 도움이 될 만한 일을 할 수 있을까?

이전에 앗짱이 "나는 세상에 태어나지 않는 편이 더 좋았을지도 모르겠어."라고 한 적이 있는데, 얼마나 놀랐는지 모른다.

마음속 깊은 곳에 꿈틀거리고 있던 기분 나쁜 무언가가 한숨과 함께 다 쏟아져 나온 것 같은 통쾌한 놀라움이었다.

나도 그런 생각을 한 적이 있으니까 말이다.

'선생님께서 보고 오신 아이들은 그런 생각을 할 수도 없구나.' 하고 생각하니 너무 불쌍했다.

이제 나는 돌아갈 수 없어. 몸도 마음도 물먹은 솜이야.

선생님 도와주세요.

울다 지친 몸으로 부기 정산표를 푼다.

답이 다 맞아서 좋기는 한데, 55분이나 걸리다니······.

새해맞이

연하장을 쓴다.

우편번호라고는 우리 집 외에 두세 개밖에 몰랐는데, 올해는 양호학교 선생님과 친구들에게 보내느라 번호를 많이 찾아야 했다. 일본은 넓은 나라구나.

연말 대청소, 떡 만들기, 시장 보기로 모두 분주하다.

나는 무얼 하면 좋을까?

"아야, 걸레질 좀 도와주겠니?"

"응."

엄마가 걸레를 빨아서 마루 여기저기에 놓아 주어 청소를 도왔다.

올해는 왠지 새해를 맞이하는 설렘이 느껴지지 않는다. 어째서 새로운 마음으로 새해의 포부를 갖지 못하는 걸까?

숨이 막히는 것 같아 엉엉 울었다. 이러다 내 가치가 또 떨어지게 생겼다.

히가시 고등학교에 다닐 때 선생님께서 말씀하셨다.

"국어 문제를 풀 때는 우선 그 문제가 묻는 것이 무엇인지, 의미를 파악하는 것이 중요해. 그리고 그 묻는 뜻에 맞는, 있는 그대로의 답을 하는 거야. 있는 그대로 답을 하려면 우선 선입관을 버려야 해. 책을 많이 읽으면 선입관을 없애는 데 도움이 된단다."

책을 많이 읽고, 작품 속에 등장하는 여러 인물과 만나자.

이제 알 것 같다. 상대방의 마음을 이해하려는 마음 씀씀이는 독서를 통해 길러지는 것이구나.

'말을 해도 어차피 몰라줄 거야.'라고 미리 단정해 버리고, 이야기조차 하려고 들지 않은 적이 있는데, 나중에는 그러지 말걸 하고 후회할 때가 잦다. 그래서 우울해질 때도 잦고.

새해의 각오를 붓글씨로 쓴다.

올해는 좀 가느다란 붓을 고르고 먹을 간다.

견본 없이 붓글씨를 쓰는 건 어렵다.

견본 없는 인생은 훨씬 어렵다.

올해는 '솔직함'이라고 쓴다.

눈에 띄는 언어장애

ㅁ, ㅂ, ㅇ 발음, 그리고 받침을 발음하기 어려워졌다.

화학 시간에 답이 '마이너스'라는 건 알고 있었지만, '마' 발음이 안 되어 대답하지 못했다. 입 모양은 되는데 소리 대신에 공기만 새어 나온다. 이래선 무슨 말인지 상대방이 알아들을 수가 없다.

요즘 혼자 중얼거리는 일이 잦다. 이전에는 이런 게 바보 같아서 싫었지만, 입을 움직이는 훈련이 되니 자주 해 보려고 한다. 이러면 상대방이 없어도 말하기 연습을 할 수 있으니까.

학생회에서 서기를 뽑는 선거에 후보로 출마하려 한다.
초등학교 5학년 때도 나가 본 적이 있다.

입후보 연설이 있으니 말하기 훈련을 충분히 해 놓아야지.

훈련에 공부에, 할 일이 산더미라 머리가 잘 돌아가지 않는다.

초등학교 때 반 친구와 크게 싸운 적이 있다.

우리 집 개 구마를 데리고 광장에 산책하러 갔는데, 그 친구도 오빠와 함께 개를 데리고 왔다. 그러고는 구마와 싸움을 붙이는 것이었다.

"왜 싸움을 시키는 거야?"

"오빠가 시켰으니까."

난 발끈했다.

"넌 오빠가 사람을 죽이라면 아무렇지도 않게 사람을 죽일 거니? 오빠 말이라고 모두 옳기만 한 건 아니잖아!"

그래도 그만두지 않기에, 이번엔 개뿐만 아니라 사람끼리도 붙잡고 싸움이 벌어졌다.

그야말로 무시무시한 싸움이었다. 치열했다! 난 하수구에 머리를 처박히고도 절대 놓지 않고 늘어졌다.

동생들도 가세해서 함께 싸웠다. 그때의 투혼과 정의감으로 학생회에 힘이 되자.

눈에 띄게 언어장애가 심해졌다.

대화하려면 나도, 상대방도 시간과 인내가 필요하다.

스쳐 지나가면서 "저, 잠시만요." 하고 말을 건넬 수도 없다.

상대방과 나 사이에 '자, 들어보자.' '자, 말해야지.' 하는 준비 없이는 대화를 나눌 수 없다.

"하늘이 아름다워. 구름이 아이스크림 같아."라고 한순간의 즐거움을 표현할 수도 없어 욕구불만이 생긴다. 초조하고, 참담하고, 슬프고, 그러다가 결국엔 눈물이 난다.

욕구불만 덩어리?

"욕구불만이니?"

깜짝 놀랐다.

내가 하는 질문이나 제출하는 작문, 그림을 보고 아셨으리라 짐작하지만, 내 마음속을 욕구불만이라는 한마디로 간단히 정리해 버리다니!

건강하던 몸이 자유롭지 않아졌고, 그 때문에 인생이 바뀌어 버렸다. 게다가 상태는 여전히 나빠지고 있다.

나는 지금 나 자신과 싸우고 있는 거다.

싸우는 도중에 만족감 같은 게 있을 리가 없잖아. 고민하고 괴로워하며 그런 마음을 정리해 보려고 안간힘을 쓰고 있다.

다른 사람에게 말한다고 해결될 일은 아니지만, 조금이라도 내 기분을 이해하고 의지가 되어 준다면……. 그래서 스즈키 선생님께 내 생각과 고민을 노트에 적어서 상담하고 있다.

다른 선생님들께서는 자기 힘으로 이겨 내야 한다고 말씀하시지만, 어깨에 진 짐이 너무 무거워서 옴짝달싹할 수도 없을 지경이다.

"내가 욕구불만 덩어리로 보여?"

엄마에게 묻는다.

"욕구불만이라면 누구나 가지고 있지. 불만이 있으면, 바로 그 자리에서 꺼내 놓고 털어 버리면 돼. 앞으로는 네 말, 네 행동에 좀 더 신경 쓸게."

나는 반응이 둔한가 보다.

내가 장애인이라는 사실을 인식하지 못할 때가 있다.

나는 지금 가장 밑바닥에 떨어져 있다. 그래도 이상하리만큼 죽고 싶다는 생각은 들지 않는다.

언젠가, 언젠가는 즐거운 날이 올 거다.

예수님은 이 세상의 삶은 시련이라고 하셨다.

그건, 죽은 후의 삶을 바라보며 살라는 말씀인가?

성경을 읽어 봐야겠다.

나만의 식사법

젓가락질이 마음대로 되지 않는다.

오른손 엄지를 제대로 펼 수 없고, 다른 손가락도 굳어서 젓가락을 잡을 수가 없다. 그래서 먹는 방법도 여러모로 궁리해서 나한테 맞는 것을 찾아 익혔다.

오늘 저녁 메뉴는 밥, 새우튀김, 마카로니 샐러드, 수프다.

우선, 밥그릇에 마카로니 샐러드를 붓는다. 작게 썬 음식은 다 이렇게 한다.

새우튀김은 크니까 어떻게든 젓가락으로 집을 수 있지만, 국수는 정말 힘들다.

그래도 우동은 내가 가장 좋아하는 음식이다.

삼키는 것도 주의해야 한다. 자주 목에 걸리니까 타이밍을 맞추어 입에 넣는다. 그리고 리듬에 맞추어 입을 움직여서 숨을 멈추고 꿀꺽한다.

같은 반 친구인 미카는 왼손을 쓸 수 없어서 식기에 입을 가까이 대고 먹는다. 테루는 접시에 밥, 반찬, 된장국 건더기 등을 모두 얹어서 먹는다. 나는 두 사람의 중간형이다.

다만, 나는 왼손으로 그릇을 잡을 수 있어서 겉보기에는 평범한 사람인 척할 수 있다.

스즈키 겐지 아나운서가 쓴 책을 오래전에 읽었는데, 장애인끼리 맞선을 볼 때 가장 먼저 하는 것이 서로에게 자신의 몸 어디가 부자유스러운지를 모두 밝히는 것이라고 한다.

나한테는 식사법이 그런 것 중 하나일까?

보모님께 여쭈어 보았다.

"제 느린 행동이 눈에 띄나요?"

"눈에 띄기보다는 안돼 보여."

좀 충격이었다.

신체장애인은 중증과 경증으로 나누어지는데, 난 중증에 속한다. 양호학교에서도 다른 사람의 도움만 받아 늘 미안하다.

나의 운명, 엄마의 운명

동생들아, 중학교 졸업을 축하해.
이제 입시구나. 힘내!

봄이 온 들판에 나가고 싶어 봄나물을 캐네
봄비가 소리도 없이 부슬부슬 내리고
올해는 봄이 와도 외롭기만 하네

장래가 불안하다. 언제부터인지 인생에 등을 돌리고 사는 나.
희망은 어디로 가 버린 거야!

장래에 무얼 할지 심각하게 생각하지 않게 되었다. 어떻게 든 되겠지. 운명이란 파도에 떠밀려서 흘러와 버렸다. 이제 내가 무엇을 할 수 있는지조차 모르겠다.

엄마는 "아직 1년이나 남았으니까."라고 말한다.

난 '이제 1년밖에 없어요.'라고 생각한다.

이 차이는 좁힐 수 없을 것 같다.

어릴 때부터 기숙사 생활을 한 아이들과 나는 다르다.

그 애들은 자연스럽게 생활하고 있다.

"꾀를 부리더라도 시간만은 잘 지켜라!"

동작이 느려서 늘 지각하는 나에게 R 선생님과 기숙사 담당 선생님께서 같은 말을 하신다.

하지만 예를 들어, 청소할 때 동작이 느리다고 슬슬 꾀를 부리며 청소하는 척만 하는 것은 싫다. 나 자신을 속이기 싫다. 그런 건…….

기숙사의 I 보모님은 친절하시다. 엄마 같은 사랑으로 보듬 어주신다. 마음이 편하고 정말 좋다. 밤에 잠이 잘 안 온다고 하시던데 봉제인형을 선물해야겠다.

Y 보모님은 항상 내 동작이 느리다며 재촉하신다. 하지만 얼마 전에 폭이 3미터 정도 되는 기숙사 복도를 10분이나 걸

려 건너가는데 아무 말 없이 잠자코 기다려 주셨다.

두 분은 다른 종류의 따스함을 가지고 계시다.

엄마가 보모님들에게 이야기하는 것을 들었다.

"내가 죽을 때는 저 아이도 데려가려고요."

엄마가 그렇게까지 마음 깊이 생각하고 있는지 몰랐다.

'이런 게 바로 엄마의 사랑이구나.' 하고 깨달았다.

전동휠체어를 충전해 놓는 걸 깜빡하는 바람에 자동으로 움직이지 않는다.

어쩌지…….

언덕길을 낑낑대며 밀고 올라갔다. 허리가 아파서 2층 연결 통로에서 잠시 쉬었다. 아래를 내려다보니 저 밑에 움직이는 작은 물체가 보였다. 강아지였다. 무척 외로워 보였다. 선생님께서 지나가시다가, "개도 경치 구경을 하니 기분이 좋은 모양이구나!" 하신다.

사람은 저마다의 기분에 따라 사물에서 느끼는 감정이 서로 달라지는구나.

졸업하면 난 어떻게 하는 게 좋을까. 지난 2년 동안 병은 더욱 나빠졌다. 엄마는 야마모토 선생님과 의논하면서 꾸준히 치료에만 전념하자고 한다.

이젠 치료받을 의욕이 있고 없고의 문제가 아니다. 위로해 주길 기대하고 있을 처지도 아니다. 꼭 치료해야 한다.

고다츠(일본식 난방. 탁자 밑에 화덕을 넣고 탁자 위에 이불을 덮어 온기를 유지함_옮긴이)에 발을 넣고 여동생이 남겨 둔 과자를 먹었다.

"힘내!"

여동생이 응원해 준다.

요즘 몸이 이상하다. 눈이 빙글빙글 돌고, 머리가 흔들거린다.

오른발의 모양도 이상하게 변했다. 엄지발가락 관절이 튀어나오고, 다른 발가락은 힘없이 누워 있다.

이게 진짜 내 발인가 싶어 속이 상한다.

못생긴 내 발아. 신장 149센티미터, 체중 36킬로그램의 내 몸을 지탱하는 힘을 잃지 말아다오.

휠체어 충전을 도와준 G 보모님께.

"몸 상태가 점점 나빠져서 걷지도 못하게 되었어요. 증세가 가벼웠을 때는 걸을 수 있었거든요. 그때 기숙사에 들어왔다면 조금이나마 다른 사람을 도울 수 있었을 텐데요. 아무것도 할 수 없을 때 여기에 와서 여러분에게 도움만 받아 정말 미안해요…….”

뒷부분은 차마 말이 나오지 않았다. 그래도 겨우 눈물은 참을 수 있었다.

엄마가 울었다.

“아야가 병에 걸린 것은 운명이고, 그런 자식을 둔 것도 부모의 운명이야. 아야도 괴롭겠지만 그 이상으로 엄마도 괴롭단다. 그러니까 사소한 일에 훌쩍거리면 안 돼. 강하게 살아가지 않으면 안 돼.”

체육복을 갈아입으려고 기숙사에 돌아왔다. 가래가 목에 걸려 죽을 뻔했다.

배에 힘이 들어가지 않고, 폐활량도 줄어서 아무리 애써도 가래가 나오지 않아 고통스러웠다. 나는 아마도 이런 소소한 원인으로 죽을 것 같은 예감이 든다.

고등학교 3학년

기숙사 생활도 이제 마지막이라 생각하니 올해에는 실행위원회에 자주 참여하게 된다.

크리스마스 파티 준비위원들도 모두를 즐겁게 해 주려고 열심이었다. 정신없이 바빴지만, 다른 사람을 위해 일을 해 보자고 마음먹은 만큼 충실하게 보낸 한 해였다.

"엄마도 웬만해서는 절대로 지쳐 떨어지지 않을 테니까, 아야도 장기전에서 지지 않도록 힘을 내는 거다!"

눈앞에 보이는 것에만 급급했던 자신이 부끄러웠다.

이제 봄도 끝나려 한다. 차창으로 손을 내밀어 하늘하늘 떨어지는 꽃잎을 받아 본다. 엄마의 깊은 사랑에 둘러싸여 마음이 포근해진다.

아침에 일어나는 시간은 혼자서 잠드는 시간보다 무섭다.

이부자리를 개고 교복을 입는 데 한 시간, 화장실에서 30분, 식사하는 데 40분. 몸 상태가 나쁜 날은 시간이 더 걸린다. 얼굴을 마주하고 인사를 나누는 것 따윈 생각도 못 한다. 내 눈길은 늘 아래를 향하고 있다.

오늘 아침에도 넘어져서 턱을 제대로 부딪쳤다. 피가 나는지 손을 대 본다. 다행이다. 하지만 며칠 지나면 넘어질 때 부딪친 어깨나 팔이 아프기 시작한다.

욕실에서 중심을 잃고 물에 빠져 보글보글하며 가라앉았다.

이상하게도 죽는다는 느낌은 들지 않았다.

투명한 세계를 보았다. 천국이란 저런 걸까?

가슴에 손을 대 본다. 두근두근 소리가 난다.

심장이 뛰고 있다. 고맙다.

나는 살아 있다.

장애인 그룹에서 일박이일로 여행을 갔다 왔다.

여러 명이 봉사하러 와서 도와주었다.

"이런 건 저도 할 수 있으니까 제가 할게요."

나는 3살배기 반항아처럼 우긴다.

나 자신이 민망하다.

함께 간 장애인 한 분은 누워서 식사해야 한다.

지나가던 한 아이가 이상하다는 얼굴로 쳐다본다.

난 앉아서 먹을 수 있으니 얼마나 좋은가.

장애의 종류는 달라도, 장애인은 모두 같다고 생각하게 되었다.

같이 온 이제 4살 된 여동생이

"언니는 흔들흔들해서 안 예뻐."라며 가혹한 말을 한다.

나도 모르게 마시던 차를 내뿜었다.

어린아이는 상처 주는 말도 가차 없이 해 버리니 참 무섭다.

오른쪽 앞니의 잇몸이 부었다. 또 신경이 죽었다.

수학여행

정말 못 갈 거라 생각하고 아무런 기대 없이 포기하고 있었
는데, 나도 수학여행을 갈 수 있게 되었다.

아빠가 집안일을 돌보고, 엄마가 수학여행에 같이 가 주기로
했다.

나와 비둘기와 평화공원

구구구, 꾸룩꾸룩 비둘기가 운다. 처음엔 휠체어 곁으로 좀처럼 오지 않더니 먹이를 보고는 다가와서 어깨, 팔, 머리에 와 앉는다. 비둘기나 원자폭탄을 떨어뜨린 인간이나 하는 짓은 같다고 생각했다.

조금 전에 원폭자료관에 갔다 왔다. 자료관 안은 어두웠는데 전시물에만 밝게 조명을 비추고 있었다. 그 광경이 오히려 더 무겁고 압박감을 줘서 으스스했다.

원자폭탄이 떨어졌을 당시의 모형이 있었다. 너덜너덜한 옷을 입은 엄마와 아이가 손을 잡고 무언가로부터 도망치고 있었다. 주위는 붉게 타고 있었다. 넘어져서 까진 상처에서 배어 나오는 피 색깔이다.

뒤쪽에서 엄마가 혼잣말로 "기분 나빠."하며 고개를 돌린다.

"그래도 그런 말보다 불쌍하다는 말이 맞겠다. 좋아서 이렇게 된 건 아닐 테니까."

나는 기분이 나쁘지는 않았다.

이것만이 원자폭탄에 맞은 것이 아니다. 이것만이 전쟁

이 아니다! 전쟁을 알지도 못하는 철부지는 그렇게 큰소리치고 있었다.

방사능 후유증으로 죽은 사다코 씨가 접은 종이학이 있었다. 빨간색의 투명한 약 봉투로 접은 학이다. 죽기 싫어. 살고 싶어. 사다코 씨의 절규가 들려오는 듯하다. 방사능 후유증이란 어떤 병일까? 35년이 지난 지금도 후유증으로 고통 받는 사람들이 있다는 건 유전병이라서일까? 엄마에게 물어보니 잘 모르겠다고 한다.

상처 자국이 있는 말의 박제, 열선에 탄 기왓장, 흐물흐물 녹아 버린 정종 병. 새까맣게 탄 알루미늄 도시락 통의 밥알, 전시 중에 입었던 너덜너덜한 옷 등. 우리는 전쟁을 모르지만, 그렇다고 외면해서는 안 된다. 싫어도 일본의 히로시마에서 원자폭탄으로 수많은 사람이 죽어 갔다는 사실을 알아야 한다. 그리고 '다시는 이런 비극을 되풀이해서는 안 돼!' 하고 맹세하는 것만이 돌아가신 분들에 대한 위로라고 생각한다.

자료관에는 히로시마 초등학교 학생들도 견학 와 있었다. 그 아이들은 휠체어에 앉아 있는 나와 전시물을 기분 나쁜 것을 보는 듯한 눈길로 똑같이 바라봤다. 사람의 눈길 따위를 신경 써서는 안 된다. 그 아이들은 분명히 휠체어나 휠체어를 탄 사람이 신기했을 뿐이다. 그렇게 생각하면서 전시물만 뚫어져라 보고 있었다.

스즈키 선생님께서 그런 눈치를 채셔서 우리는 아래층으로 이동했다. 불쾌한 눈빛과 숨 막히는 분위기에서 탈출하여 겨우 한숨 돌렸다. 밖에는 가랑비가 똑, 똑 내리기 시작했다.

엄마가 휠체어에 앉아 있는 내게 비옷을 덮어 주려고 했다. 나는 그 모습이 이상하게 보일 것 같아 싫다고 했다. 하지만 비옷을 덮어도 아무도 뭐라고 하지 않아 마지못해 엄마 말에 따랐다. 엄마는 머리에 수건도 덮어 주었다.

나뭇잎의 푸른 빛깔이 아름다웠다. 비에 젖은 나무들이 찌푸린 하늘 아래서 빛나고 있었다.

녹나무의 황록색 새싹이 검은색 나무줄기와 대비되어 아름다웠다. 그림으로 그려 보고 싶었다.

녹음 속을 헤치고 가니 평화의 종이 보였다. 네 개의 기둥 위에 있는 둥근 천정은 우주를 상징한다고 한다. 주위를 둘러싼 연못에 핀 연꽃에도 유래가 있다고 한다.

"종을 치고 싶은 사람은 이리 나오세요."

선생님께서 말씀하셨다.

친구들이 종을 치는 모습이 언뜻 보였다. 땡. 땡. 여운을 남기며 멀리 퍼져 나가는 종소리.

나는 평화를 염원하며 종소리를 듣는다. 종을 치지 않

아도 내가 할 수 있는 일을 하자. 그렇게 생각하고 나는 눈을 감고 기도했다.

때마침 내린 비로 오타 강은 흙빛으로 변했다. 원자폭탄이 떨어졌을 때 고통으로 몸부림치며 뛰어든 사람들로 가득 찼던 강이다. "뜨거워, 뜨거워." 하며 사람들이 아우성치는 모습을 상상하는 것이 자료관에서 자료를 볼 때보다 더 무서웠다.

비둘기가 퍼덕거리며 날아와 내 어깨와 팔, 무릎에 앉았다. 비둘기의 발은 부드럽고 따뜻했다. 내 손에 든 모이를 쪼아 먹으며 무리 지어 있었다.

수많은 비둘기 중에 다리가 하나밖에 없는 비둘기가 섞여 있었다. 뒤뚱거리지만 잘 걷는 그 비둘기에게 먹이를 주려고 했지만 좀처럼 가까이 갈 수 없었다. 이 많은 비둘기 중에 한두 마리쯤 기형인 비둘기가 섞여 있다는 건 어떻게 보면 이상할 것도 없는 걸까?

만약 비둘기가 나같이 걸을 수 없는 중증장애였다면 살아갈 수 없었겠지.

인간으로 태어나 살아 있다는 것이 행복하게 느껴졌다.

나는 '평화로운' 세상이 아니면 살아갈 수 없는 몸이기 때문에 '평화'를 기원하는 것일까? 참 한심한 소원이라는 생각이 들었다.

그런 생각을 하다 보니 다리가 불편한 비둘기에게만 모이를 줄 것이 아니라 다른 비둘기들에게도 모이를 줘야겠다는 마음이 생겼다. 그리고 비둘기가 아장아장 걸어와 모이를 쪼아 먹는 것을 보며, 인간세상이라면 바로 이것이 '복지'가 아닐까 생각했다.

나는 바보인가 봐

꿈속에서도 난 다리가 불편하다.

꿈에도 휠체어에 탄 내가 나온다. 전에는 걸어 다니는 나였지만 말이다.

오른손으로 정교한 작업을 하는 게 너무 어렵다. 이전에 야마모토 선생님께서 왼손을 사용하는 연습을 해 두라고 하셨던 건, 이럴 때를 대비해서 하신 말씀일까?

올해 여름에는 두 번째로 입원할 예정이다. 선생님께 장래에 대해서 의논해 보고 싶다.

졸업 후의 진로 이야기로 교실이 소란하다.

나는 공무원 시험을 보고 싶다.

아빠는 시험은 봐도 좋지만, 걱정되어서 일하러 보내고 싶지 않다고 하신다.

엄마는 출퇴근 자체가 무리니까 그만두라고 하신다.

나는 병이 나을지 알 수 없지만, 이걸 목표로 온 정성을 쏟아 보고 싶다.

2학기가 되니 선생님들께서 "취직하면", "사회에 나가서"라는 말을 자주 하신다.

나는 바보다. 대학 진학을 포기한 대신에 당연히 취직해야지, 생각하고 있었다. 하지만 취직한다는 의미를 내 능력에 비추어 현실적으로 생각해 본 적이 없다.

조금 더 시간을 두고 생각해 봐야겠다.

18살 아야의 일기
너무 무서운
진실

막냇동생과의 대화

오늘은 좀 충격이 컸다.

"나도 언니처럼 비틀비틀하고 싶어."

4살짜리 여동생이 말했다.

"그래? 걸을 수 없으니까 뛸 수도 없고, 너무 재미없는걸. 이런 건 언니만으로 됐어."

나는 아무렇지도 않은 듯 간단하게 말했다. 그러자 동생은 금세 "그럼 안 할래!" 한다.

우리 집 현관에서 있었던 일이다. 안에서 듣고 있던 엄마는 어떤 생각을 했을까.

마지막 여름방학

몸을 유연하게 하려고 아침에 목욕한다.

엄마는 덥다, 덥다 하면서도 부지런히 움직인다.

나만 편하게 있는 게 미안해서 계산 실기를 땀이 나도록 열심히 했다.

점심을 먹고 난 후 충치가 아팠다. 집이니까 마음 편히 응석을 부리며 운다. 남동생이 여느 때처럼 한마디 툭 던진다.

"누나는 대체 몇 살이야?"

그러면서도 비닐봉지에 얼음을 담아 준다. 얼음 주머니를 대서 뺨을 식히고는 기분 좋게 두 시간 정도 잤다.

엄마가 돌아와서 약을 발라 주셨다.

동생과 오목을 뒀다. 8대 2로 완패.

여동생은 아르바이트를 하느라 늦게 돌아온다. 저녁은 내가 좋아하는 냉두부와 생선회다.

저녁에 넘어졌다.

전등을 끄려고 일어났다가 그대로 콰당!

큰 소리가 나서 엄마가 놀라 달려왔다.

"어떻게 된 거니 아야. 아야도 머리를 써서 생활의 지혜를 익혀야 해. 이렇게 넘어지기만 하니 엄마가 안심하고 일하러 갈 수 없잖니."

엄마가 전등 스위치에 긴 끈을 달아 주었다.

앞으로 밤에 움직일 때는 조심해야겠다.

오늘은 큰 맘 먹고 기운 내서 방을 청소했다.

무릎으로 기어가며 청소하니 청소기가 먼지를 제대로 빨아들이지 못한다. 그래도 열심히 하니 기분이 좋았다.

게이코가 놀러 왔다.

나를 부평초에 비유하는 벗과 서로 마주 보며 마음속 이야기를 나눈다.

반짝반짝 빛나는 벗의 눈빛이 꿈을 이야기한다.

　게이코가 앞으로의 꿈에 대해 많은 이야기를 들려준다. 이
렇게 어른이 되어가는구나.
　아, 내일은 입원하는 날이다.

두 번째 입원

이번 입원에서는 신약 주사를 맞고 재활운동을 주로 한다. 처음 입원했을 때와는 달리 넘어지면 위험하니까 혼자서는 밖에 나가지 말라고 한다.

화장실에 갈 때면 창밖을 한 번 둘러본다. 회색 벽과 검은색 건물을 보면 우울한 기분이 든다. 함께 간 간호사가 "왜 그렇게 지친 표정이니?" 하고 묻는다.

안구가 좌우로 움직이는 증상이 심해져서 뇌파 검사실에서 눈 검사를 했다. 의사 선생님은 다리가 불편한 분이셨다. 나도 어딘가 한군데라도 온전하면 일을 할 수 있을 텐데…….

"이 크림은 왜 바르는 거예요?"

"검사할 거니까."

대충 성의 없이 대답하신다. 내가 장애인이 아니었어도 이렇게 대답하셨을까? 신체장애에 언어장애까지 있으면 바보로 보이는 걸까?

정밀검사를 받으려고 야마모토 선생님의 차를 타고 대학 부속병원에 갔다.

앞을 보고 있다가 갑자기 오른쪽을 바라보면 빨간 공이 두 개로 흐릿하게 보인다. 왼쪽은 좀 덜하다. 아무래도 오른쪽 몸에서 운동신경 장애가 진행되고 있는 것 같다.

돌아오는 차 안에서 야마모토 선생님께서 "이번에는 주사를 맞아도 기분이 나빠지지 않는다고 했는데, 혹시 약이 듣지 않는 것은 아닐까?" 하고 물으셨다.

아킬레스건은 부드러워진 것 같은데 언어장애는 심해진 것 같다고 말씀드렸다.

"언어장애 때문에 발음하기 어렵더라도 말을 마지막까지 다 하도록 해. 듣는 사람이 익숙해지면 되니까."

선생님께서 위로하듯 말씀해 주셨다.

재활 훈련은 힘들어

1. 목발을 써 봤는데 오른손에 힘이 들어가지 않아 넘어질 뻔했다.
2. 의자에서 일어나는 연습을 했다.
3. 무릎으로 일어날 수 없으면 걸을 수도 없다고 하는데, 어지러워서 못 하겠다.
4. 손가락을 사용하는 연습. 뜨개질, 수예, 공작 등

입원한 지 20일째. 기능 검사를 다시 받았다.

"별로 달라진 데는 없다."라고 하신다. 충격이다. "나빠지지도 않았다."라고 덧붙였지만, 그 정도로는 안 된다. 조금이라도 좋아져야 한다.

재활실에 간다. 몸이 불편한 어른들이 많다. 아이들은 별로 없다.

뇌졸중으로 반신불수가 된 아저씨가 매트리스 위에서 이를 악물고 연습하는 나를 보며 눈물을 훔치고 계셨다.

"아저씨, 전 지금 울고 있을 때가 아니에요. 저도 울고 싶을 만큼 괴롭지만 걸을 수 있을 때까지 참을래요. 아저씨도 열심히 하세요."라고 눈으로 말했다.

걸을 수 있을 때까지 얼마나 더 노력해야 하는지, 불안하고 초조하다.

방에 돌아가면 뜨개질을 하려고 뜨개바늘을 잡는다. 잡는다기보다 움켜쥔다고 하는 편이 맞다. 그렇게 쥐고 나면 다시는 놓지 않는다. 몸이 굳어서 손바닥을 쥐었다 펴는 동작을 못하기 때문이다. 이렇게 한 줄 뜨는 데 30분이나 걸린다.

병실 사람들 모르게 유치원 때 배운 노래에 맞춰 연습하자.

원장님의 회진과 주치의 회진이 있을 때, 젊은 수련의들이 따라온다. 그때의 대화가 나를 슬프게 한다.

첫 번째, 소뇌의 컴퓨터 회로가 고장 나서 평범한 사람이라면 무의식적으로 하는 동작도 대뇌를 한 번 거쳐야 한다.

두 번째, 가끔씩 히죽거리는 것은 병적인 것이다.

젊은 선생님들은 원장님이나 주치의의 이야기를 진지하게

듣지만, 정작 설명의 재료가 되는 나는 괴롭고 싫다.

책이나 친구 이야기를 할 때는 젊은 선생님들이 참 좋지만, 회진할 때는 내 얼굴을 신기하다는 눈빛으로 바라보기 때문에 다른 사람처럼 보인다.

하지만 이렇게 공부해야 좋은 의사가 될 테니 이것도 어쩔 수 없는 일이겠지…….

재활, 검사, 치과 치료 등으로 휠체어가 대활약하며 병원을 달린다.

다른 환자들이나 간호사와도 친해졌다. 주먹밥을 만들어 주신 아저씨도 있다. 멜론을 주신 아저씨는 "저녁이 되면 텔레비전을 보러 오렴." 하며 불러 주셨다.

실습 간호사는 아이스크림을 가지고 놀러 와 주었다. 800호 아주머니는 꽃병에 꽃을 꽂아 주셨다. 마미와는 함께 동화를 읽었다. 모두 친척 같다. 퇴원하는 한 아저씨가 "끝까지 힘내야 한다!"라며 눈물을 흘리셨다.

정말 여러 사람과 만났다. 모두가 "대단하다, 아야. 네 모습을 보고 감동해."라고 말해 주지만, 나는 조금도 대단한 게 아니다.

짧은 만남이었지만 평생 잊지 않을게요.

졸업하고 싶지 않아

졸업이 가까워지니 장애인으로 사회에 나가는 마음가짐이나 취업에 대한 얘기가 어느 수업에서나 화제다.

히가시 고등학교에 다닐 때에는 대학 진학을 목표로 열심히 공부했다. 양호학교 2학년 때는 아직 걸을 수 있었고 취직도 할 수 있을 거로 생각했다. 3학년이 되어서는 모든 것이 불가능해졌다.

○○군은 ××회사, ○○군은 직업훈련소, 아야는 집…….

이것이 결정된 진로다.

지난 2년간 '장애를 인정해. 거기에서부터 출발해.'라고 배웠고, 지금까지 고민하고 싸우면서 살아왔다.

밝은 태양이 비춘다 싶으면 폭우가 쏟아지다가 태풍이 불어오기도 하고, 다시 맑게 개기도 하면서 항상 불안한 마음으로 졸업까지 왔다.

언제까지 괴로워하며 싸워야 나의 인생을 찾을 수 있을까? 끝날 줄 모르고 내 몸을 좀먹어 가는 병마는 죽을 때까지 나를 놓아주지 않을 것인가?

12년간 학교에서 배운 지식, 선생님이나 친구들한테서 배운 지혜로 사회에 도움이 되고 싶었다. 비록 미약한 힘이나마 즐거운 마음으로 주고 싶었다. 신세 진 데 대해 조금이나마 보답하고 싶었다. 내가 사회에 공헌할 수 있는 일은 죽은 뒤에 의학 발전을 위해 신장, 각막 같은 내 장기를 아픈 사람들에게 기부하는 정도가 아닐까.

졸업식까지 카운트다운이 시작되었다.

졸업하고 싶지 않아! 헤어지고 싶지 않아!

나한테는 내일의 빛이 보이지 않으니까…….

나만 혼자 남을 것 같으니까…….

스즈키 선생님, 용건 없이 편지 쓸지도 몰라요. 가끔 고민을 털어놓더라도 귀찮아하지 마시고 어른 대 어른으로 대해 주셨으면 해요…….

자유롭지만 자유가 없는 나날들

기숙사에서 사용하던 짐을 풀어 놓고 지난 생각에 빠져 있는 나는 마치 노인 같다. 일하러 나가신 부모님, 학교와 어린이집에 다니는 동생들은 규칙적으로 생활한다. 나 혼자만 나태하게 지내면 가족에게 폐가 된다. 조금이라도 계획적으로 생활하자.

1. 인사를 제대로 하자.
2. 말은 확실하게 또박또박.
3. 배려할 줄 아는 어른이 되자.
4. 훈련. 체력을 길러 집안일을 돕자.
5. 보람 있는 일을 찾자. 해야 할 일이 있으면 죽을 수 없다.

6. 가족의 일과에 맞춰서 생활하자(식사나 목욕 등).

뭐야. 뭐야! 베개에 머리를 파묻었다.

매일매일 오전 8시에서 오후 5시까지 고독한 시간이 계속되니 견딜 수 없이 외롭다.

일기나 편지를 쓰고, 텔레비전을 보고, 점심을 먹고, 훈련 대신 마루를 닦는, 자유롭지만 자유가 없는 생활이다.

저녁 식사 때는 한결 나아지지만, 오늘과 똑같은 내일이 계속된다고 생각하면 잠들기 전에는 다시 외로워진다. 그런 생각을 하며 앉아 있다가 앞으로 고꾸라졌다. 기껏 해 넣은 이가 부러져 버렸다.

"아야, 요즘 목소리가 작아졌어. 폐활량도 줄어들었으니 크게 소리 내는 훈련을 하자. 낮에는 큰 소리로 노래 불러도 듣고 웃을 사람 없으니까 한번 해 보렴. 그리고 가족을 부를 때도 모두가 깜짝 놀랄 정도로 큰 소리로 해 봐. 한번 연습해 볼래?"

엄마가 말했다.

나는 마루에 앉아 허리를 펴고, "모여라!" 하고 불러 봤다. 음정이 너무 높아서 둘이 크게 웃었다. 다시 한 번, "모여라!" 하고 소리 질렀다.

"왜 그래?"

동생들이 2층에서 달려 내려왔다.

"성공!"

"지금부터 볼일이 있으면 아야가 '모여라!' 하고 부를 거니까, 이 소리가 들리면 모두 모이는 거야. 여러분, 기껏 오셨으니 간식이라도 드시지요?"

엄마의 재미있는 말투에 모두 한바탕 웃으며 바나나를 먹었다.

세 번째 입원

"야마모토 선생님, 부탁드려요."

병원에서 내 몸을 전부 수리하고 싶다. 몸이 제대로 움직여야 생활도 할 수 있으니까……. 20살까지는 어떻게든 길이 보였으면 좋겠다. 나 자신이라도 혼자 힘으로 돌볼 수 있었으면…….

선생님, 도와주세요.

훌쩍거리고 있을 시간 따위는 없다고 자신을 격려해 보지만 혼자 힘으로는 병마를 이길 수 없다.

"인제부터 학생이 아니니까 인내심을 가지고 느긋하게 좋아질 때까지 입원하자. 그리고 열심히 살아야 해. 살아 있기만 하면 반드시 좋은 약이 개발될 테니까. 일본의 신경의학은 외국보다 좀 떨어지지만, 그래도 빠른 속도로 발전하고 있단다.

백혈병만 해도 몇 년 전까지는 불치병이었지만 지금은 완치되는 사람도 있어. 선생님도 아야를 고쳐 주기 위해서 열심히 연구하고 있단다."

야마모토 선생님의 말씀에 눈물이 멈추지 않았다.

이 눈물은 기쁨의 눈물이었다.

'선생님, 저를 포기하지 않아 주셔서 고맙습니다. 두 번이나 입원하고 신약까지 썼는데도 좀처럼 낫지 않아서 저를 포기하시지나 않을까 걱정되어 견딜 수 없었어요.'

말로는 할 수 없어 눈물범벅이 된 얼굴로 고개를 끄떡일 뿐이었다.

엄마도 등을 돌리고 어깨를 들썩였다.

야마모토 선생님을 만나 행복하다며 늘 감사하게 생각한다. 몸도 마음도 약해질 대로 약해져서 상심해 있을 때면 항상 도움의 손길을 내밀어 주시는 선생님.

외래환자가 많을 때는 점심을 걸러서라도 내 이야기를 차분히 들어 주신다. 그리고 희망과 빛을 주신다.

"의사로 있는 이상 아야를 포기하지 않아."라는 한마디에 얼마나 마음이 든든한지…….

졸업하고 3개월이 지났다. 취직한 친구들에게서 회사생활에 익숙해졌고 열심히 일하고 있다는 편지가 왔다. 석 달이 지난 지금, 나는 입원 생활을 하고 있다. 고장 난 몸을 고치고 새 출발을 하기 위해……

화장실에서 장미꽃이 피었다라는 노래를 부른다. 이렇게 오늘도 하루를 시작한다.

폐활량을 늘리기 위해 하모니카를 분다. 아름다운 소리다.

싫은 일도, 사람이 죽는 것도 다 잊어버릴 것 같은 여운이다. 주위 사람에게 폐가 되더라도 또 불고 싶다.

재활훈련을 하러 가다 화장실에 들렀다.

변기에 앉으려다 엉덩방아를 찧어 운동복 바지 뒤쪽을 적시고 말았다.

옷을 갈아입을 시간이 없어 그대로 재활실로 갔다. 걷는 연습을 할 때 Y 선생님께서 운동복 뒤의 고무 부분을 잡아 주시려다, 엉덩이가 젖었다는 것을 알고는 아무 말 없이 그냥 가 버렸다,

평행봉에 내버려진 아야. '자주 훈련'을 시작했다. 발꿈치를 90도로 유지하기 위해 아픈 발에 보호대를 끼운 후 평행봉을 단단히 잡고 어설프게 걷기 시작했다.

보고 있던 Y 선생님께서 "발을 조금 더 빨리 옮기지 않으면

안 돼.” 하신다.

　'발과 상반신과 허리가 함께 나가지 않아서 그래요. 어떻게든 해 보려고 하면 다리만 따로 놀아서 그대로 넘어져 버린다고요.'

　이렇게 말하고 싶었지만 젖은 운동복 때문에 불쾌하셨을까 봐 걱정되어 아무 말도 못 하고 몇 번이나 혼자서 다시 연습했다.

거울에 비친 내 모습

머리를 잘랐다. 하지만 난 거울을 보지 않는다. 점잔 빼는 내 모습을 보기 싫다.

남에게 보여 주는 저 웃음. 눈을 감는 모습을 보고 싶지 않다.

그러나 재활실에는 커다란 전신 거울이 있다.

"거울을 보면서 자세를 교정해야 해."

O 선생님께서 가르쳐 주신다.

머릿속에 그려지는 나는 건강했을 때의 평범한 여자아이인데, 거울 속의 나는 예쁜 모습이 아니다.

허리는 구부러지고, 상반신은 한쪽으로 기울어 비스듬하다.

사실을 있는 그대로 인정할 수밖에 없지만, 몸이 불편하다는 사실에서 도망가고 싶은 마음만은 도저히 떨쳐 버릴 수가 없다.

열심히 재활훈련을 해서 할 수 없게 된 것을 하나라도 다시 할 수 있으면 좋겠다.

힘껏 싸워 불편한 몸을 이겨 보려 했지만, 수포로 돌아갔다. 얼굴이 백지장이 되고 기분마저 나빠져서 포기했다. 나 자신이 내 목을 조르고 있다는 걸 깨달았다.

"너무 무리하지 말자."

오늘, 화장실에서 넘어져 머리를 심하게 부딪쳤다. 혹이 생긴 건 아니지만, 두통이 너무 심해서 "이젠 죽는가 보다." 하고 생각했다.

밖에서는 번개가 치고 섬광이 번쩍거렸다. 우르르 쾅쾅 하며 천둥이 치기 시작했다. 휠체어를 타고 복도에 있는 공중전화까지 갔다. 집에 전화하니 엄마가 받는다.

"아야, 일요일이 언제 오나 하며 기다리고 있단다. 이제 사흘 남았네. 뭘 가져다줄까? 빨래는 그냥 놔두렴. 엄마가 가서 해 줄게. 천둥 치고 있니?"

"응. 여기도 천둥 치고 있어."

이제는 죽어도 괜찮다고 생각했다.

사라진 지갑

일주일에 한 번은 내가 빨래한다. 가방에 빨래를 담고 휠체어 뒷주머니에 지갑을 넣고 8층 병실에서 1층까지 엘리베이터를 타고 간다.

오늘은 순서를 기다리는 동안 로비에서 책을 읽었다.

내 순서가 되자 아주머니께서 알려 주셔서, '자, 시작하자' 하고 뒷주머니에 손을 넣었는데 지갑이 없었다. 틀림없이 넣었는데 몇 번을 뒤져도 마찬가지였다. 허둥거리고 있으니 다음 순서를 기다리던 남자가 "왜 그래요?" 하고 물었다.

"지갑을 놓고 온 것 같아요. 먼저 하세요."라고 말하고는 그 자리를 떠났다. 뒤에 눈이 있는 것도 아니고, 이런 일이 생길 거라고는 상상도 해 본 적이 없다.

400엔. 지갑째로 없어졌다. 엄마, 죄송해요.

양호학교의 스즈키 선생님과 토츠지 선생님께서 병문안을 오셨다. 졸업하고서 넉 달이 지났는데 조금도 변하지 않은 두 분의 모습을 보니 좋았다.

"선생님, 제 침대에 누워 보세요."

"병원 침대에 눕긴 싫은데, 왜 내가 피곤해 보이니?"

"아니요. 선생님 냄새가 이불에 배면 밤에 잠이 잘 올 것 같아서요."

선생님께서는 뭐라고 설명할 수 없는 표정을 지으셨다.

여동생이 와 주었다. 휠체어를 타고 함께 밖으로 나갔다. 햇빛이 눈부셨다. 난 피부가 너무 창백해서 햇볕에 좀 그을리고 싶었다.

복숭아나무, 산초나무에서 쓰르라미가 울고 있었다.

벌써 여름이 지나가려고 한다. 기다려 줘.

여동생은 의욕이 생기지 않는다며 고민하고 있었다. 하고 싶은 게 무언지 찾을 수 없는 걸까? 그 마음을 알 것 같아 조금 걱정되었다.

여동생은 나보다 독립심이 강하다. 언니인 내가 부모님께 더 많이 의존하는 것 같다.

반신마비가 된 전기가게 아저씨께서 1층 꽃집에서 나리꽃을 사 주셨다. 아저씨는 한쪽 손을 못 쓰셔서 지갑째로 아주머니께 건네고는 이백오십 엔을 꺼내 가시라고 했다.

"꽃이 예쁘게 피면 좋겠구나."

아저씨의 다정한 얼굴이 빛나 보였다.

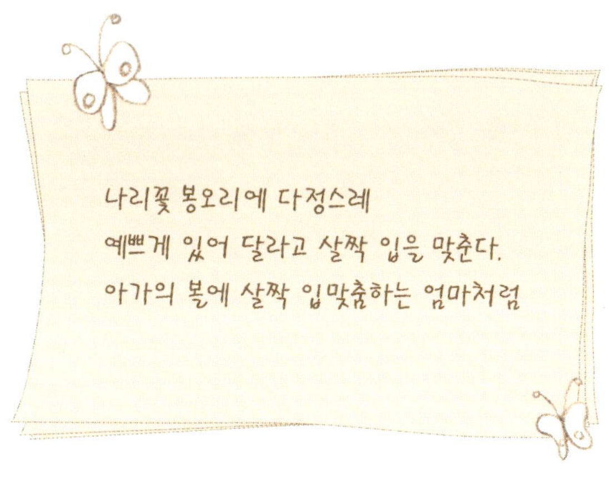

너무 무서운 진실

1. 입원할 때보다 체력이 좀 붙었다.
2. 평행봉을 잡고 두 번 왕복할 수는 있지만 실제로 걷는 건 무리다.
3. 대화는 상대방이 되묻는 경우가 많다. 필담은 마지막 수단으로 남기고 싶지만, 필담을 해야 하는 때도 있다.
4. 식사는 일반 식사에서 잘게 다진 음식으로 바꿨다.

오늘이 퇴원이라 목숨을 걸고 마지막 빨래를 했다. 새벽 4시 반 기상. 세탁장에는 아무도 없었다. 순서를 기다리지 않아서 좋았지만, 탈수기에서 건조기로 빨래를 옮길 때 서서 해야 해서 힘이 들었다. 평상시에는 누군가가 도와주었는데……
'엄마, 도와줘.'

마음속으로 외쳐 보았지만 어떻게도 할 수 없었다. 이런 일은 앞으로도 많이 생기겠지…….

야마모토 선생님께서 말씀하셨다.

"이제부터 더 나빠질 수는 있어도 좋아지지는 않아. 병이 진행되는 걸 늦추기 위해서는 훈련을 통해 뇌를 자극하는 방법밖에 없어."

너무 힘들고 괴로웠지만, 선생님, 진실을 알려 주셔서 고맙습니다.

어떻게 살아가야 할지, 내 앞길은 좁고 험하기만 하다. 그렇지만 기어서라도 앞을 향해 나아갈게요. 주저앉아 있으면 안 되잖아요.

"감기가 심해지지 않도록 조심해. 그리고 호흡 곤란이나 열이 나면 곧바로 대학병원에 전화하고, 아킬레스건 펴는 훈련과 심호흡 훈련도 빠짐없이 해야 해. 열심히 해야 한다."

선생님께서 자상하게 말씀해 주셨다.

선생님, 같은 병실의 여러분, 그리고 간호사님, 고맙습니다. 언젠가 다시 신세 질 날이 올지 몰라요. 그때도 잘 부탁드려요.

다시는 걸을 수 없어요

퇴원 선물

여동생이 퇴원을 축하하는 의미로 셔츠를 선물해 주었다.

오늘 하루도 힘내야지 하고 생각하지만 결국 먹고 양치질하고 화장실 가는 것만으로 하루가 가 버린다.

밤에 엄마가 머리를 잘라 주셨다. 들쑥날쑥 짧게 자른 머리가 되어 버렸다. 내 머리를 내가 손질하지 못하니 파마나 컬 따위는 꿈도 못 꾼다. 잘 생각해 보니 머리 손질할 시간을 절약하라고 잘라 주신 것 같다. 거울을 보니 야마모토 선생님과 같은 커트머리다.

만약에 말이야

만약에 병이 다 나아서 평범한 사람처럼 걸을 수 있고 자유롭게 대화할 수도 있고, 젓가락으로 제대로 밥을 먹을 수 있게 된다면…….

이런 생각을 해서는 안 되고 꿈도 꾸면 안 된다.

앞으로 평생 장애인이라는 무거운 짐을 지고 살아야 해. 아무리 힘들어도 꿋꿋이 살아가는 거야.

선생님께 "좋아지지 않을 거야."라는 이야기를 들은 후, 나는 한 번에 불살라 올라 금방 꺼져 버리는 짧은 생명일 수 있다는 각오도 해 본다.

엄마, 걱정만 끼치고 아무런 보답도 못 해서 미안해요.

동생들아, 언니다운 일 하나 못 해 주고, 엄마까지 빼앗은 걸

용서해.

앞으로 다가올 시간을 이런 고통 속에 살아가야 한다.

아, 도대체 어떻게 하면 좋을까.

오랫동안 쓰던 2층에서 1층으로 방을 옮겼다.

부엌, 욕실, 화장실이 가깝고, 가족이 가장 자주 드나드는 복도에 접한 작은 방이다. 커다란 유리창을 열면 마당이 있고, 구로가 항상 이쪽을 보고 있다.

구로가 강아지를 네 마리나 낳았다. 아직 눈도 뜨지 않은 갓난 강아지들이 젖꼭지를 더듬어 찾는다. 그런 구로가 존경스러웠다. 오늘 아침 나리꽃이 봉우리를 열고 꽃을 피웠다. 강아지 중 암컷 한 마리를 '나리'라고 불러야지.

가족 모두를 사랑해

밤에 카메라 강습회가 열렸다. 남동생이 화학 숙제랑 새 카메라를 가지고 방에 놀러 왔다.

내가 혼자 쓸쓸할까 봐 같이 있어 주러 온 거다. 착하다.

남동생은 흡족한 얼굴로 장장 두 시간 동안이나 카메라 조작법을 설명하더니 숙제도 안 하고 방으로 돌아갔다.

"내일은 새벽 5시에 일어나서 강아지들이 노는 마당에 박힌 뾰족한 돌들을 치워줘야지."라고 했는데, 숙제를 안 했으니 그럴 시간은 없겠구나.

구로의 아가들아, 마당에 박힌 돌을 내가 치워 주고 싶지만, 미안해.

가족의 따스함 속에서 사랑을 느낀다. 그래도 난 모두에게 사랑한다고 표현할 수가 없다. 말도 잘 안 나오고, 행동으로 표현하려고 해도 움직일 수가 없다. 그냥 웃으며 사랑에 답하는 것이 고작이다.

일찍 일어나고 일찍 자자. 양치질도 빨리하고, 아침 식사에 늦지 않도록 훈련도 매일 열심히 하자.

그리고 사랑에 보답하도록 노력하자.

어느덧 매미 울음소리가 그치고 방울벌레가 선수 교대를 했다.

아침저녁으로 기온이 내려간다. 내 체력과 기력도 떨어지는 것 같은 느낌을 떨쳐 버릴 수 없다.

살아 있어도 되는 걸까?

나 하나 없어도 세상은 무엇 하나 달라지지 않아.

사랑, 그것에만 매달려 사는 나는 얼마나 슬픈 존재인가.

엄마, 나같이 부족한 사람이 이 세상에 살아 있어도 될까요?

내 안의 반짝 빛나는 빛을 엄마라면 꼭 찾아 주실 거라고 믿어요. 가르쳐 주세요. 이끌어 주세요.

이른 아침, 강아지들이 장난치는 소리에 눈을 뜬다. 아침 햇살이 창문으로 쏟아져 들어온다. 이불 속에서 잠시 바라보고 있었다. 저 녀석들도 제법 자랐구나. 얼마 전까지 깽깽 울기만 하더니 이젠 제법 화를 내며 으르렁거린다.

그 모습이 나와 같구나 싶어 혼자 쓴웃음을 짓는다.

꽃을 사러 가고 싶어. 분홍색 장미 한 송이를 사는 건 어떨까? 케이크를 사러 가고 싶어. 슈크림으로 할까 쇼트케이크로 할까 하며 진열장을 들여다보는 거야. 술집에도 가고 싶어. 뚱뚱하고 불그스레한 얼굴의 주인아저씨한테 남동생에게 줄 달콤한 포도주를 주문하는 거야.

갖고 싶었던 토토짱의 책을 샀다. 아껴 두었다가 나중에 읽기로 하고 목각 공예를 시작한다(헝겊을 같은 모양으로 여러 장 오린 다음, 나무를 깎아 만든 공에다 풀로 붙여서 공을 만드는 것이다). 가위를 제대로 쓸 수 없고, 핀을 꽂는 것도 어려워서 별 진전이 없다. 헝겊을 정확한 크기로 잘라야 제대로 만들 수 있기 때문에 헝겊을 자를 때는 신중하기 그지없다.

밤에 잠들려는데 노크 소리가 났다. 대답하자 문이 스르륵 열리고 작은 여자아이가 들어왔다. 여동생 리카다.

"할 이야기가 있어."라며 평소와는 다른 심각한 어조로 말을 시작한다.

"내일, 어린이집에 가야 해. 집에 없을 테니까 착하게 기다리고 있어. 넘어지지 말고. 돌아오면 같이 놀아 줄게."

나는 울어 버렸다.

감기 기운이 있어 혼자 누워 있는데 동생 리카가 병문안을 와 줬다.

베개 옆에 앉아서 베개 씌우개에 매직으로 토끼를 그리기 시작했다. 크고 작은 똑같은 모습의 토끼를 그리고는 그 사이에 꽃을 그리려 했는지 동그라미 서너 개를 그려 넣는다.

"밤에 혼자 자려면 쓸쓸할 테니까 친구로 삼아."

리카의 다정한 말에 또 눈물이 났다.

오늘 아침 신문에 시계 수리공 자격증을 따려고 20년간 통신 교육을 받았다는 전동휠체어를 탄 장애인의 기사를 보았다.

성장하지 않는 나. 마음의 성장이 멈추어 버린 내 몸.

내가 할 수 있는 일이 있을까? (남동생은 없다고 한다. 나도 그 말에 절반은 공감한다.) 그렇지만 할 수 있는 일이 전혀 없지는 않을 것이다. 지금 할 수 있는 것은 목각 공예와 글쓰기 정도인가? 직업이 없더라도 마루 닦기, 세탁 등 엄마를 돕는 일은 조금씩 할 수 있을 거야.

목각 공예를 하려다가 엄마가 방 청소를 해 주는 동안 여동생과 놀아 버렸다. 엄마는 더러운 것을 더러운 대로 내버려 두는 건 동물이나 마찬가지라고 하신다.

카펫에 엉켜 있는 내 머리카락을 깨끗이 치워 줘서 고마워요. 너무 깨끗해서 오히려 근질거린다.

엄마는 어떤 심정으로 청소하는지 알고 싶다.

손이 가는 딸아이의 뒤치다꺼리에 모처럼의 휴일을 반나절이나 써 버렸는데…….

여동생에게 "불쌍해."라는 말을 들었다.

"아코는 뭐가 재미있니?"라고 물었더니, "언니는 뭐가 재미있어?" 하고 되묻는다.

"그런 거 없어……."

"불쌍해."

2층에서 흔들의자를 붙잡고, 양손을 놓고 일어서는 연습을 하고 있었다. 흔들거려서 채 5분도 서 있을 수가 없었다. 이렇게 열심히 연습해도 안 된다. 왜? 남동생도 "불쌍해."라고 한다. 밖은 벌써 어두워졌다. 텔레비전 화면에서 나오는 빛이 남동생의 얼굴을 흐릿하게 비추고 있다.

여동생 리카가 빵에다 잼을 덕지덕지 발라서 먹는다. 잼이 뚝뚝 바닥에 떨어진다. 나는 '아깝다.'라고 생각했다. 엄마는 "아쉽다."라고 하며 떨어진 잼을 닦았다.

어디에서 오는 걸까? 이 차이는…….

의자에서 일어나려다가 실패. 주머니 속의 귤이 짜부라졌다.

엄마와 같은 마음으로 나도 '아쉽다.'라고 생각했다.

엄마한테 받은 사랑은 내 안에서 소화되어 다른 사람에 대한 사랑으로 변해 가는 것이라고 생각한다.

새들에게 땅콩을 주었더니 좋아하며 먹는다. 새장을 청소하려고 새장 문을 열자마자 밖으로 날아가 버렸다.

새장을 떠나서는 살아갈 수 없다는 걸 모르니까, 밖엔 무서운 적이 있다는 걸 모르니까 나가는 거다. 그걸 알게 되면 돌아오렴.

슬퍼져서 선생님과 친구들에게 편지를 썼다.

"스프링 노트를 사 주세요. 아무래도 대학 노트는 일기 쓸 기분이 안 나요."

"그렇게 마음 내키는 대로 뭘 한다, 안 한다, 하는 건 네 생각만 하는 거야. 몸 상태가 안 좋을 때라면 몰라도, 해야 할 일은 하지 않으면 안 돼."

엄마에게 살아가는 지혜를 또 한 가지 배웠다.

저녁밥을 지을 때, 엄마가 "내키지 않아."라며 밥을 안 해 준다면, 우린 모두 말라 죽을 거다.

어딘가 넓은 곳으로 가고 싶다.
비좁은 곳은 이제 싫다.
압박감이 너무 심하다.
날씨가 추워 밖에 나갈 수 없다.
죽음만 생각하니 무섭다.
움직일 수가 없으니 대책도 없다.
살고 싶다.
움직일 수 없어.
돈도 못 벌어.
쓸모 있는 사람도
될 수가 없어.
그래도 살고 싶다.
내 마음을 알아주세요.

나를 비참하게 만든 한마디

드디어 듣고야 말았다.

"착한 아이가 되지 않으면 너도 저렇게 돼 버린다."

진찰받으러 병원에 갔다가 화장실에서 넘어질 뻔한 걸, 엄마가 붙잡아 주었을 때였다. 필사적으로 엄마를 붙잡고 서려는 내 곁에서 빨간 체크무늬 옷을 입은 삼십 대 정도의 아주머니가 어린아이에게 속삭이고 있었다.

슬프고 비참했다.

엄마가 위로해 주었다.

"아이를 저렇게 교육하면 나중에 다 자기에게 돌아오는 거야. 저건 늙어서 몸이 불편해지는 건, 좋은 엄마가 아니어서 그리 되었다는 말이잖아. 잘못 가르친 건 나중에 다 자기에게 돌아오는 거야."

앞으로도 이런 일이 종종 있을 거다.

어린아이가 자기와 다른 사람을 만나면 신기해서 말똥말똥 쳐다보는 건 어쩔 수 없다고 하더라도, 어른이 아이를 가르치는 재료가 된 건 처음이라 충격이었다.

낮에 혼자 있으면 심심할 거라며 엄마가 고양이를 한 마리 얻어 왔다.

금방 낯이 익어서 이불이랑 고다츠 속으로 들어오거나 내 무릎 위에 올라앉거나 하는 고양이가 너무 귀엽다.

여동생이 안으면 꼭 조르는 게 싫은지 도망간다. 그럼 꼬리를 잡아당겨서 어떻게 해서든 제 무릎에 앉히려고 한다. 고양이는 점점 더 싫어한다. 여동생이 그러다가 고양이를 때린다.

"때리면 안 돼!"라고 야단친다. 동생이 이번엔 나를 때린다.

"요 녀석이!" 하고 화를 내 본다.

"언니가 화냈어, 화냈어!" 하며 소리를 지른다.

"이제 난 몰라!"

결국 엄마에게 이를 수밖에.

나는 19살 5개월, 여동생은 5살 7개월.

노인 같은 나의 생활.

젊음이 없다. 탄력이 없다. 사는 보람이 없다. 목표가 없다. 가진 건 점점 쇠약해지는 몸뿐이다.

왜 살아 있어야 하나, 하고 생각한다. 아니, 그건 가면일 뿐이고, 실은 살고 싶다고 생각한다.

즐거운 일이라곤 먹는 것과 독서, 글쓰기뿐이다. 19살의 다른 아이들은 어떤 즐거움으로 살까?

지난번 검진 때 새해가 되면 다시 입원하라고 했는데, 나빠지기만 할 뿐 조금도 나아질 기미가 없어 두렵다.

생각하면 할수록 눈물이 나서 어쩔 줄을 모르겠다. 어둠 속에서 몸부림치는 게 내 인생일까?

빌어먹을! 19살이 뭐야, 20살이 뭐야, 하고 대들어 본들 길이 열리는 건 아니다.

내가 울면 모두가 침울해진다.

울면 코가 막히고 머리가 아프고 지친다.

그런데 왜 우니?

일도, 취미도, 열중할 것이 없다.

사람을 사랑하는 것도, 스스로 서는 것도 못 하고 찔찔 울고 있다.

우는 얼굴로 거울을 본다. 왜 울어?

점심으로 즉석 라면을 먹었다. 국물을 잘 마실 수 없어서 금세 목이 막힌다. 이게 고통스러운 거다. 아무도 없을 때 이렇게 목이 막혀 숨을 못 쉬게 되면 목숨을 잃고 말 것이다. 기숙사 선배인 치카는 소아마비라서 늘 침을 흘렸지만 찻잔으로 차를 마실 수는 있었다. 이케구치는 빨대를 사용했다. 어떻게 하면 흘리지 않고 마실 수 있을까? 음식을 삼키는 목의 근육이 약해진 것 같다.

입 모양을 생각해서 소주를 마실 때처럼 조금씩 마셔 본다. 한 번도 목이 막히지 않았다. 기뻤다.

또 하나 기쁜 건, 지금까지 당연한 일이면서 못 하는 일이 있었다. 창피하지만 화장실에 가는 시간을 맞추지 못해서 옷을 버리곤 했다. 오줌이 마려워지면 그때야 화장실에 가니 시간에 맞추지 못한 거다. 이제 시간을 정해서 미리 화장실에 가기로 했다. 그 후로는 한 번도 실수하지 않았다.

기뻐서 누군가에게 이야기하고 싶었지만 이것만은 남에게 말할 수 없어서 혼자 기뻐하고 있다.

동창회

선생님 다섯 분과 학생과 학부모 열일곱 명이 음식점 '시골'
에 모였다. 모두 건강해 보였다.

음식이 나오기 전에 따스한 햇살이 비추는 마루에 모여 이
야기를 나눴다. 앉아 있는 건 나 하나뿐이었다.

스즈키 선생님께서 옆에 와서 책상다리하고 앉으셨다. 눈
높이가 같아졌다. 선생님께서는 싱가포르에서 사온 선물이라
며 손수건을 주셨다. 선생님의 눈은 역시 코끼리의 눈처럼 부
드럽고 따스했다.

요우는 월급을 받았다며 《체리와 아인슈타인 도련님》이라
는 책을 사 주었다. 즐겁게 이야기하며 맛있게 음식을 먹었다.

"오랜만에 일본 요리를 풀코스로 먹고 모두와 다시 만나다

210

니, 살아 있으면 역시 좋은 일이 생기는구나.”
　　엄마가 말했다.
　　“응, 그러네.”

나의 겨울 이야기

하루에 한 마디나 두 마디밖에 하지 않는 사람도 인간사회에 속한다고 할 수 있을까? 난 그런 사람이 되어 가고 있다.

자신의 일도 무엇 하나 제대로 할 수 없고, 다른 사람의 도움 없이는 살아갈 수 없는 사람도 인간사회에서 살고 있다고 말할 수 있을까? 그게 바로 나다.

다른 사람에게 도움을 주는 사람이 되고 싶다. → 다른 사람에게 폐가 되지 않게 자신의 일이라도 하자. → 다른 사람의 도움 없이는 살 수 없다. → 다른 사람의 짐이 되어 살아간다.

이게 바로 내가 살아온 모습이다.

눈이 내린다. 전기난로를 가장 세게 틀고 고다츠 안에 들어가 있어도 추위가 파고든다.

1월부터《다리 없는 강》(일본의 여성 소설가 스미이 스에의 대표작_옮긴이)이라는 소설을 읽기 시작해서 다섯 권을 한꺼번에 다 읽어 버렸다. 금세 빠져드는 나쁜 버릇이다. 재활훈련도 빼먹고 말았다.

방에서 복도로 나오면 공기가 차가워서 몸이 오싹오싹한다. 감기에 들면 큰일이다. 솜을 넣어 만든 겉옷을 입는다. 그래도 몸이 딱딱하게 굳어서 위험하다. 추위가 가실 때까지 방에서 밥을 먹기로 했다. 방으로 식사를 가져와 혼자 먹으면 외롭다. 하지만 가끔 동생들이 와서 함께 먹는다. 그래도 앉은자리에서 먹고 잔다는 게 싫다.

여동생 아코의 교통사고

여동생 아코가 자전거를 타고 학교에서 돌아오던 중에 일단 정지 신호를 무시한 자동차에 치였다. 구급차로 병원에 실려가 입원했다.

어떻게 하면 좋을지 모르겠다. 괜찮을까? 나는 그저 기도만 할 뿐이다.

엄마가 병원에서 돌아왔다. 오른쪽 다리에 두 군데나 골절상을 입었단다. 부기가 가라앉으면 수술한다고 한다.

아코는 아픈 걸 참으면서 "엄마, 미안해." 하며 울었다고 한다.

"머리를 다치지 않아서 얼마나 다행인지 몰라. 정말 다행이야."

조용히 이야기하는 엄마의 모습이 내 마음 때문인지 작게

만 보였다.

"나도 병원에 가 보고 싶어."

"수술이 끝나고 웃는 얼굴이 되면 그러자. 아야가 울면 아코가 더 아프니까 조금 지나면 가자."

아, 달려가서 "힘내!"라고 말해 주고 싶다.

남동생이 학교에서 돌아오는 길에 병원에 들렀는데 여동생의 상태를 알려 주지 않는다. 많이 안 좋은 걸까?

사탕이 먹고 싶지만, 아코가 다 나을 때까지 참을게. 아코, 힘내!

엄마는 괜찮을까? 잠도 제대로 못 주무신다.

"초조하고 불안해서 걱정만 할 뿐, 난 아무것도 도와줄 수가 없어."

엄마에게 말했다.

"넘어져서 다치지 않도록 해. 지금은 그게 가장 크게 도와주는 일이야."

소극적인 협력이라고 생각했지만 고개를 끄덕였다.

"엄마, 알고 있어. 내가 울까 봐 아코를 못 만나게 하는 거지? 울지 않을 테니까 꼭 데려다 줘요."

여동생 리카가 갑자기 "죽고 싶어."라고 말한다.

나는 죽음이라는 단어를 듣기만 해도 심각해진다.

"아플 거야."라고 겁을 줘도 "괜찮아."란다.

놀라서 "소풍도 못 가게 돼."라고 하니까 그제서야 "그건 안 돼. 그럼 안 죽을래." 한다.

동생은 별 의미 없이 하는 말인데도 나는 괜히 심각해져서 진지한 마음으로 어떻게든 리카를 단념시키려고 애썼다.

봄기운이 느껴지는 바람이다. 풀도 쑥쑥 자라고 있다. 춥다고 운동하지 않은 탓인지 왼쪽 아킬레스건이 잘 퍼지지 않아서 앉기 힘들다. 화장실 공포증이 생겼다.

어깨도 굳고 더운데도 땀이 나지 않아 불쾌하다.

혀가 잘 움직이지 않아서 소프트크림을 먹는 것도 어렵다. 말하기 힘든 것도 그 때문인 것 같다.

야마구치 씨의 동생이 차를 샀다며 갑자기 드라이브하자면서 불러 주셨다.

봄날이 화창해서 냉이, 연꽃, 민들레꽃, 그리고 일찍 핀 클로버가 예쁘다. 꽃반지를 만들고 싶었지만 나 혼자서는 무리인데다가 남자에게 부탁하는 것도 부끄러워서 그만두었다. 하수도 쪽에 삐져나온 클로버가 한 송이 있었다. 떨어지지 않을까 걱정했는데, 잘 보니 뿌리가 크고 단단해서 안심했다. 받쳐 주는 것이 있다는 건 저렇게 든든한 거구나.

돌아오는 길에 야마구치 씨의 집에 들렀다. 전기기타를 연주해 주셨는데 아주 박력 있었다. 요즘 기타 연주에 빠져 있다고 하신다. 좀 더 장비를 갖추고 싶지만 '무엇보다 필요한 건 돈'이라고 한다. 나는 '무엇보다 필요한 건 건강한 몸'이다. 나에게는 돈보다 더 갖기 어렵다.

다시는 걸을 수 없어요

갓난아기는 8개월이면 앉고, 10개월이면 기어 다니다 한 살이 지나면 걷는다. 걸어 다니던 나는 기어 다니게 되었고, 지금은 거의 앉아서 산다. 퇴화하고 있다.

그리고 언젠가 누워만 있게 되겠지.

원숭이에서 인간으로 진화하는 데는 아주 긴 세월이 걸렸다. 하지만 퇴화하는 건 참 빠르구나.

참으면 되는 걸까? 1년 전에는 일어설 수 있었어. 이야기하고 웃을 수도 있었어. 그랬는데 이를 악물어도, 눈을 부릅뜨고 버텨도 이젠 걸을 수가 없어.

눈물을 참고, ‘엄마, 다시는 걸을 수 없어요. 붙잡고 서려 해도 설 수가 없어요.’라고 종이에 써서 문을 열고 내밀었다. 내 얼굴을 보여 주는 것도, 엄마의 얼굴을 보는 것도 괴로워서 얼른 문을 닫았다.

화장실까지 3미터를 기어서 간다. 복도가 싸늘하다. 내 발바닥은 부드러워서 손바닥 같다. 반대로 손바닥과 무릎은 발바닥처럼 딱딱하다. 보기 흉하지만 어쩔 수 없다. 이게 유일한 이동수단이니까.

뒤에서 인기척이 났다. 기어가다 말고 뒤를 돌아보니 엄마가 기어오고 있었다. 아무 말도 없이……. 바닥에 눈물을 뚝뚝 떨어뜨리면서……. 억누르고 있던 감정이 단번에 터져 나와 목 놓아 엉엉 울었다. 엄마는 나를 꼭 끌어안고 울고 싶은 만큼 실컷 울게 내버려 두었다. 엄마의 무릎이 내 눈물로 흠뻑 젖고, 엄마의 눈물이 내 머리카락을 적셨다.

“아야, 슬프지만 힘내자. 엄마가 함께 있으니까. 자, 엉덩이 차갑겠다. 방에 들어가자. 아야를 업을 힘 정도는 얼마든지 있어. 지진이 와도, 불이 나도 제일 먼저 구해 줄 테니까 안심하고 자렴. 쓸데없는 생각은 하지 말고.”

엄마가 나를 안아서 방으로 데려다 주었다.

나는 훌쩍거리는 것 말고는 아무것도 못 하는 사람이 되어 버렸습니다.

열등감 덩어리가 머릿속에서 자라고 있습니다.

장애가 만들어 낸 산물입니다.

하지만 살아 있습니다.

죽을 수는 없으니까, 할 수 없이 숨을 쉬며 살아가고 있습니다.

무서운 말입니다.

울면 눈가에 주름이 모여 볼품없는 얼굴이 됩니다. 거울을
보며 얼굴을 고쳐 보려고 우습지도 않은데 히죽 웃어 봅니다.

살아가자.

푸른 하늘을 마음껏 빨아들이고 싶어.

시원한 박하 향의 상쾌한 바람이 살짝 볼을 만져 주겠지.

당신의 맑은 눈동자에 비추는 하얀 조각구름

꿈을 꾸었어. 아름답기만 한 이 순간을……

푸른 하늘을 향해 마음껏 뛰어오르고 싶어.

코발트블루 빛깔의 깃털 구름이 포근히 감싸 주겠지.

추하다는 생각은 버리고 나도 어딘가에 도움이 될 거라고
믿는 거야.

난 어디로 가야 할까?

혼자서 훌쩍이기만 하는 나
어딜 가도 노트만이 친구다.
아무 대답도 없지만
여기에 쓰는 것만으로 마음이 활짝 개.
구원의 손길을 기다리고 있어.
하지만 손이 닿지 않아. 만날 수도 없어.
어둠을 향해 외치는 내 목소리만 울려 퍼질 뿐.

낮에 혼자 있는 게 싫다.

말을 못 하게 될 것 같아서 그림책을 큰 소리로 읽으며 발성 연습을 하고, 심호흡 다섯 번과 머리 들기 열 번을 한다.

"혼자 있을 때는 위험하니까 너무 무리하지 마. 얼굴을 볼 때까지는 걱정되니까."

엄마의 말이 나를 소극적으로 만들기도 하지만, 실제로 넘어져서 입술이 붓고 이를 부러뜨리고 하니 당연한 말이다.

아야가 혼자 있는 게 걱정되어 준짱이 어머니와 함께 놀러 와 주기도 하고, 이웃 아주머니가 들여다보러 오기도 하지만 마음속이 채워지지 않는다.

목표가 없는 하루하루의 삶은 참 괴롭다.

머릿속으로는 정말 싫다고 생각하지만, 행동이 따라가지 않는다.

ANNA

이런 생활이 언제까지 계속될지……. 엄마, 괴로워요. 도와 줘요…….

혼자서 목욕하는 건 위험하다며 엄마와 여동생이 속옷을 입고 들어와 함께 하였다. 아코가 머리와 등을 씻어 준다. 오른팔이 올라가지 않는다. 어깨 관절이 굳었나 보다.

To. Dr. Yamamoto(야마모토 선생님께)

"잃어버린 것보다 남은 것을 소중히 여기자."라고 선생님께서 말씀하셨어요.

언젠가 햇빛이 비칠 테니까, 새싹이 틀 테니까……. 희망을 품고 미래를 바라보며, 자 일어나라. 힘내라, 힘내…….

"끙끙 앓아 봐야 되돌아오는 건 아무것도 없어. 남은 것을 잃은 것보다 더 소중히 하면 돼."

내가 믿고 따르는 선생님께서 그렇게 말씀하셨으니까 힘내겠습니다.

맹세할게요. 꺾이지 않겠다고…….

비가 내리기 시작했습니다.

날씨는 좋겠어요, 제멋대로라서…….

사람은 제멋대로 살 수 없건만.

가족여행 가는 꿈을 꾸었다. 휠체어를 타고는 갈 수 없는 곳이었다.

"다들 갔다 와. 난 집에서 기다릴게."

꿈속에서 나는 싱긋 웃으며 말했다.

앞으로는 그런 일이 더 많아지겠지. 현실에서도 마음에 잘 새겨 두자.

장마가 시작될 무렵은 환자에게 좋지 않은 계절이라고들 말하는데, 계단에서 굴러떨어지기라도 하듯 상태가 점점 더 나빠진다.

설사를 한다. 몸이 나른하다. 탈수증일까?

허리가 비틀비틀한다. 물을 마시기 어렵다.

넘어져서 입술에서 피가 난다.

글이나 물건이 잘 안 보인다. 초점이 맞질 않는다.

기숙사에서 축제가 열린다고 연락 왔지만, 도무지 갈 기력이 없다. 장애가 여기까지 진행되어 버렸다.

무서울 정도로 글을 쓰지 않는 날이 계속되고 있다.

이제 끝일까?

볼펜을 잘 쓸 수 없다. 오랫동안 글을 안 써서 그런 거라고 생각하고 싶다.

엄마에게 보내는 편지

엄마 나는 마음이 넓은 사람이 되고 싶어. 다른 사람의 모든 잘못을 용서할 수 있는 그런 사람 말이야.

엄마의 마흔다섯 번째 생일을 정말 축하해요. 늘 마음으로 믿어 주는 엄마가 있으니까, 나도 나 자신을 믿고 그런 사람이 되도록 열심히 살게.

장애인이 되고 나서, 몹시 엇나가기도 하고 많이 울기도 했지만 힘낼 거야.

난 엄마 딸이잖아.

매일 엄마에게 어리광 부려서 미안해요.

엄마 앞으로도 잘 부탁해요. 늘 걱정만 끼치는 참 나쁜 딸이지만.

나한테는 늘 엄마의 후광이 비추는 것 같아.

병원에서 이렇게 많은 친구가 생긴 것도 다 엄마 덕분이야.

엄마를 흉내 내서 사람들에게 항상 인사를 깍듯이 했거든.

"고마워요." "안녕!" "잘 가."

병실을 비울 때도 "어디에 갔다 올게요." 다녀와서는 "다녀왔습니다."

그렇게 늘 인사하며 웃어 주었거든.

난 장애인이라서 싱글벙글하고 있으면 바보처럼 보일까?

하지만 휠체어에 앉아서 인상만 쓰고 있으면 무서워 보일 것 같아.

지금까지 엄마에게 내 마음을 말로 다 표현하지 못하고 눈물로 대신했어.

이제 히로도, 아코도 어른스러워졌는데, 나 혼자만 뒤처져서 어물어물 늘어져 있다니. 이럴 때 어물쩍거리고 있으면 안 되는데 말이야.

나는 내가 생각해도 겉으로는 아무렇지 않은 척하는 것 같아. 몸이 말을 듣지 않는다는 걸 알면서도 딱 잘라 거절을 못하고, 남에게 폐를 끼치는 적도 많아.

우에코나 요코는 야무진데 말이야.

예를 들어 목욕할 때, 친구 집에 갔다가 돌아올 시간을 못 지켰을 때, 길에서 넘어졌을 때, (아, 이건 나중에 얘기할게.)

나 빨리 나을게!

될 수 있으면, 될 수 있으면 오래오래 살아 줘, 엄마.

내가 행복하게 사는 모습, 내가 살아 있는 모습을 오래오래 보여 주고 싶으니까.

괴롭고 또 괴로운 시간을 참고 버티면, 저 먼 곳에서 무지갯빛 행복이 기다리고 있겠지?

그걸 믿고 싶어.

그럼 엄마, 안녕히 주무세요.

PS. 엄마, 난 이제 평범한 아이가 아니에요.

그러니 더 노력해야 해요. '내가 할 수 있는 일을 내 힘으로 한다'는 건 나를 위해서죠.

화장실에 수건 거는 일만 하면 되는 게 아닐 테니까요.

20살 아야의 일기
모두
고.맙.습.니.다

화장실에서 넘어지다

엄마가 케이크를 사 왔는데 먹을 힘조차 없다. 거의 하루 종일 누워서 지낸다. 이래서는 안 된다고 마음을 고쳐먹고 누워서 복근 운동을 하려 했지만 한 번 만에 다운.

내일부터 여름방학이다. 엄마가 동생들에게 한꺼번에 모두 밖에 나가는 일이 없도록 서로 의논해서 외출하라고 한다.

동생들아, 너희가 있어서 든든해. 그리고 미안해.

건강해지도록 열심히 노력할게, 용서해 줘.

화장실에 간다. 엄마나 여동생이 바지를 내려 주고 양변기에 앉힌다. 그리고 밖에서 기다린다.

어느 날, 흔들흔들하다가 옆으로 비틀, 그리고 꽈당 넘어졌다. 어디서 베었는지 손가락에서 피가 난다. 그대로 정신을 잃고 쓰러졌다. 잠시 후 정신이 돌아왔을 때는 침대에 누워 있었다. 엄마와 동생들의 눈이 희미하게 보였다. 그러고는 다시 잠이 들었다.

"혈압이 낮아서 휘청한 것뿐이야. 걱정하지 말고 푹 자렴."

엄마의 목소리가 희미하고 멀게 들려왔다.

7킬로그램이나 되는 철제 변기가 설치되었다. 나고야 시의 신체장애인 전문점에서 안정성이 좋은 것으로 골라 왔다고 한다.

내친김에 욕창을 방지하는 환자용 매트와 요를 더럽히지 않는 시트도 깔았다. 작은 책상 옆구리의 손 닿는 곳에 필기도구, 노트, 편지지 등을 정리해 두었고, 책상 위에는 큰 소리가 나는 종을 놓았다.

이젠 하루 대부분을 누워서 보내는 신세가 되고 말았다. 세끼 식사도 넘기기 어려워 기도에 걸릴까 봐 조금씩밖에 먹지 못한다. 아침을 다 먹고 나서 한 시간쯤 지나면 점심시간이 될 정도로 천천히 먹을 수밖에 없다. 먹고, 자고, 배설하고, 그렇게 하루가 저물어 버린다. 게다가 도움을 받아야 하니…….

결국에는 집에 있는 것조차 불가능한 정도가 되었다.

병에 대해 지치도록 생각하는 건, 이제 그만뒀다.

새로운 병원을 찾아서

엄마와 함께 나고야 보건위생 대학병원에 갔다.

조수석을 뒤로 젖히고 누워 병원에 도착할 때까지 꾸벅꾸벅 졸았다.

엄마는 "입원시켜 달라고 단단히 부탁해 볼 테니까 안심해. 더위를 먹은 것뿐이니까 시원해질 때까지만 참으면 될 거야. 아야는 잘 참는 아이니까 꼭 좋아질 거야."라고 말했지만, 이번만큼은 정말 힘들지도 모른다. 병과 싸울 체력도 기력도 남아 있지 않다. 싸움이 될 것 같지도 않다. 병마에 지고 싶진 않지만 병마는 너무 힘이 세다.

"여느 때처럼 대기실에서 오래 기다릴 수 없어요. 너무 쇠약해졌으니까 응급환자로 분류해서 빨리 봐 주셨으면 좋겠어요. 다른 환자분들이 양보하지 않으실 것 같으면, 아이의 상태를 설명하고 한 분 한 분 이해하실 수 있게 사정해 볼 게요.”

침대에 누운 내 귀에 들리지 않게 엄마가 작은 소리로 간호사에게 부탁했다.

“야마모토 선생님께 여쭤 보겠습니다.”

간호사가 안으로 들어가자마자 야마모토 선생님께서 나오셨다.

“아야, 오랜만이다. 기다리고 있었어.”

야마모토 선생님께서 손을 잡아 주신다.

아, 이제 살 수 있어. 이대로 죽는 건 너무 허무해. 한 번 더 글을 쓸 수 있다면 소원이 없을 것 같아.

다시 한 번 선생님 덕분에 살아났다고 생각하니 눈물이 왈칵 쏟아졌다. 엄마도 울고 있었다.

병원 문제로 의논했더니 야마모토 선생님께서 매달 두 번씩 진찰하러 가시는 아키타 병원을 소개해 주시겠다고 했다.

“병실이 비는 대로 바로 입원합시다. 그때까지만 기다려라. 아야는 내 눈길이 닿는 곳에 두고 싶으니까.”

선생님께서 이렇게 말씀해 주시니 안심되었다.

자주 넘어진 탓에 윗입술이 비틀어져서 위아래 입술이 맞물리지 않는다.

‘음식을 삼키기 어려우니 목의 긴장을 풀어 주는 약을 주세요.’라고 집에서 써 온 메모를 전했다.

진찰이 끝난 후, 다시 두 시간 동안 차를 타고 집으로 돌아왔다.

“먹고 싶은 것, 먹을 수 있겠다 싶은 것, 뭐라도 좋으니 이야기해. 체력을 쌓아야 하니까. 뭐 먹고 싶은 거 없니?”

“케이크 만들어 줘요.”

“으음, 케이크라면 아코가 더 맛있게 만들잖아. 아코, 언니가 만들어 달란다.”

“내일 아침 일찍 만들어 줄게, 기대해.”

아코가 싱글벙글하며 말했다.

나는 너무 피곤해서 금세 잠에 빠져들었다.

엄마가 아키타 병원에 갔다.

“어떤 병원인지 살펴보고 선생님을 만나서 자세히 이야기하고 올게.”

그러면서 여동생에게 언니에게 필요한 물건을 챙겨 상자에 정리해 놓으라고 하셨다.

간병인 할머니

아키타 병원에 입원하였다.

낯선 병원이라 긴장된다.

몸집이 작은 할머니께서 나를 돌봐 주시게 되었다.

"아야라고 합니다. 잘 부탁합니다."

엄마가 내 병의 상태와 내가 할 수 없는 일들을 자세하게 설명해 주었지만, 한 번에 다 이해하긴 힘든 일이다.

언어장애가 심해서 알아듣기 어려우실 거라며 화이트보드를 사 오셨다.

혀를 움직이는 게 힘들다 보니 음식을 입 밖으로 흘린다. 밥 먹는 모습이 흉하다. 나 자신이 너무 한심하다.

의사전달이 제대로 되지 않아서 괴롭다.

내가 야무지게 해야 하는데, 마음이 안 놓인다.

엄마, 나는 왜 살아 있는 걸까요?

어지럼증이 난다. 울상이 되었지만, 눈을 감고 가만히 있었다.

창밖 나뭇가지에 비둘기 둥지가 있다. 새끼 비둘기가 많이 컸다.

할머니께서 휠체어에 태워 제1병동까지 데려다 주셨다. 그리고 오랜만에 양변기에서 볼일을 보았다.

재활훈련을 할 때 기둥을 잡고 일어서면, 눈을 감아 버리고 좀처럼 뜨지 못한다. 겁을 먹으면 안 되는데 넘어질 것 같아 몸이 굳는다.
지금 할 수 있는 일이 무엇인지, 정확히 찾아서 행동하자. 그러면 밤에 잠이 안 올 정도로 괴로워하지 않아도 될 테니까…….
의사전달이 느리다 보니 화장실을 제때에 가지 못한다.

"밤에만 배뇨봉지를 다는 건 어떨까?" 하고 엄마가 물었다.

간병인이 잠을 설치면 지치기 때문이다.

"배뇨 감각은 아직 있으니까 싫어요. 일찍 알릴게요. 그건 싫어요."라며 울었다.

"그래그래, 그러지 않을게, 울지 마."

간병인 할머니께서 상냥하게 말씀해 주시니 더 눈물이 났다.

"안녕, 꼬마야. 씩씩하게 잘하고 있지?"

아침에 복도에서 만난 원장선생님께서 말을 걸어 주셨다.

웃으면서 입 모양을 동그랗게 하고, "안. 녕. 하. 세. 요."라고 말하는 사이 원장선생님의 모습은 이미 멀어졌다. 바쁘시구나.

얼굴이 울상이 되어 간다. 안 돼!

밤중에 손발이 긴장으로 굳어졌다. 간병인 할머니께서 일어나서 주물러 주셨다.

말을 해도 좀처럼 통하지 않는다. 짜증이 나서 운다.

말이 통하지 않는 건 내 탓이니 이래선 안 되는데. 간병인 할머니, 죄송해요.

좋은 날씨다. 일어서고 싶다. 이야기를 나누고 싶다.

글씨를 잘 쓰게 됐다. 먹는 속도도 좀 빨라지고, 흘리지 않게 되었다고 할머니께서 칭찬해 주셨다.

병이 조금이라도 나아지는 것 같으면 사는 보람과 여유가 생긴다. 다른 사람을 배려하며 살자.

이번에 야마모토 선생님께서 오실 때까지 혼자 힘으로 휠체어에 탈 수 있도록 노력하자고 나 자신과 약속했다.

푸른 하늘을 본다. 빨려들 것 같이 투명하다.

ㄴ과 ㄷ 발음이 정확하지 않다.

ㅋ, ㅅ, ㅌ, ㅎ 발음도 어렵다.

발음할 수 있는 음이 또 몇 개 줄어들었을까?

어떻게 해서든 극복하지 않으면 안 된다. 더 악착같이 하지 않으면 병에게 지고 만다!

낮에 할머니께서 빈대떡을 사 주셨다. 반쪽을 먹었다. 단팥죽도 사 오셨다.

열이 났다. 말할 기운도 없다. 몸이 나른하다.

온종일 잤다. 할머니께서 걱정스레 얼굴을 들여다보신다.

가스미 아주머니께서 병원 안에 있는 카페에 데려가 주셨다.

레몬주스를 숟가락으로 한 모금씩 먹여 주셨다.

카페 같은 데는 평생 갈 수 없을 거라고 포기하고 있었는데 기뻤다.

할머니의 손이 갈라졌다.

너무 아파 보였다.

밤에 내가 오줌을 지리니까 계속 기저귀를 빨아 대느라 그렇게 되셨다. 죄송해요.

드래건스(주니치 드래건스. 나고야를 연고지로 하는 프로야구팀_옮긴이) 우승! 웬일인지 팥밥과 달걀찜이 나왔다. 원장선생님이나 주방장님이 드래건스 팬이신가?

일어서고 싶어서 혼자 서 보았는데 몸이 그네처럼 흔들거리다 넘어질 것 같아 무서웠다. 할머니께서 도와주셨다.

아침에 음식이 목에 걸렸다. 무서웠다. 아무리 맛있는 음식이라도 조심해서 먹지 않으면 목숨을 빼앗길 수 있다.

할머니가 화장실에 데려가 주셨는데 예쁜 코스모스가 한 아름 꽂혀 있었다. 둘이서 눈짓을 나누고는 한 송이 가져와 방에 있는 꽃병에 꽂았다.

야마모토 선생님께서 "할머니께 너무 의지하는구나. 자기가 할 수 있는 일을 찾아서 해야지." 하고 꾸짖으신다.

일어나서 보내는 시간이 길어졌다고 기뻐하고 있었던 것이 문제였다. 오늘부터는 단추 채우는 연습을 해야겠다.

걸을 수 있었다! 할머니께 의지해서 공원에 갔다. 흙을 만지고 싶었다. 흙 위에 발바닥을 대 보고 싶어서 휠체어 발판에서 실쩍 발을 내려 보았다. 서늘하고 기분 좋은 느낌!

단추 채우는 연습을 필사적으로 한다.

재활훈련으로 뒹굴기와 무릎으로 서기 등도 필사적으로 한다.

할머니께서는 내 모습에 감격해서 응원해 주신다. 그리고 운동복 바지와 윗도리를 사 주셨다. 더 힘내자!

새해에는 집에 돌아가고 싶다. 말이 통할까? 만약 통하지 않으면 어떻게 전할까? 걱정과 불안이 앞서지만 그래도 집에 가고 싶다.

코스모스 봉오리가 꽃을 활짝 피웠다.

할머니께서 내가 훈련하는 모습을 보시고는, "잘 해내는구나!" 하시며 눈물을 흘리신다.

어느 날, 엄마에게 "한번 보러 와요. 열심히 하고 있으니까."
라고 말씀해 주셨다.

엄마는 "너무 가슴이 아파서 지켜보지 못하겠어요……. 아
야, 잘하고 있구나. 설에는 집에 가자."라고 하신다.

실수로 옷에 똥을 쌌다.

"할머니, 죄송해요."

"아니다. 이게 내 일인걸."

그래도 단순히 일이라고 딱 잘라 받아들이기에는 너무 죄
송하다.

점심 때 햄을 먹었다. 오랜만에 먹은 햄의 맛이 예전을 떠오
르게 한다.

할머니께 고맙다는 말을 어떻게 전해야 할까.

돈이 없으니 물건을 사 드릴 수는 없고, 빨리 나아서 할머니
를 돌봐 드릴 수 있다면 좋을 텐데…….

기다려 주세요.

지금 이 순간을 열심히 살자

지금으로부터 10년이 지나면…….

생각하는 것만으로도 너무 무섭다.

지금 이 순간을 열심히 살아가는 수밖에 없다.

사는 것만으로도 힘에 벅찬 나.

젊은데 움직일 수 없다.

모순과 조급함…….

하지만 나는 환자니까 요양을 가장 중요하게 생각하자.

글을 쓰라고 채찍질해 주신 당신
고마움에 손을 모은다.
생각하니 병상······.

(주 : 이후로는 글자를 알아보기 어려워져서 하략)

몸이 쇠약해지면 생리도 멈춘다는 것을 알았다.

6개월 만에 되살아난 여자라는 증거는 몸이 회복되는 징조
이리라 생각했다.

병실에서 보는 푸른 하늘
나에게 한줄기 희망을 주네.

고.맙.습.니.다

간병인 할머니께서 안 계셨다면, 아니, 다른 사람에게 의존
하지 않으면 살아갈 수 없다.

몸 뒤집기, 대소변 보기, 옷 입기, 벗기, 식사, 앉기, 모두가
그렇다.

엄마는 나 혼자만의 엄마가 아니니까 형제들도 돌봐야 한다.

할머니께서는 나 하나만을 위해 함께 생활해 주신다.

좋아하는 우동이나 떡을 데워서 조금이라도 많이 먹고 빨
리 좋아져서 집에 돌아갈 수 있도록 돌봐 주신다. 그리고 할머
니의 아드님이랑 며느님도 가끔 직접 만든 요리를 가져와 주
신다. 손자들은 사진을 찍어 준다. 할머니 가족들이 얼마나 잘
해 주시는지.

말을 못 하는 나는 짧게 "고. 맙. 습. 니. 다."라고 표현할 수
밖에 없지만, 실은 더 많은 말로 고마운 마음을 전하고 싶다.

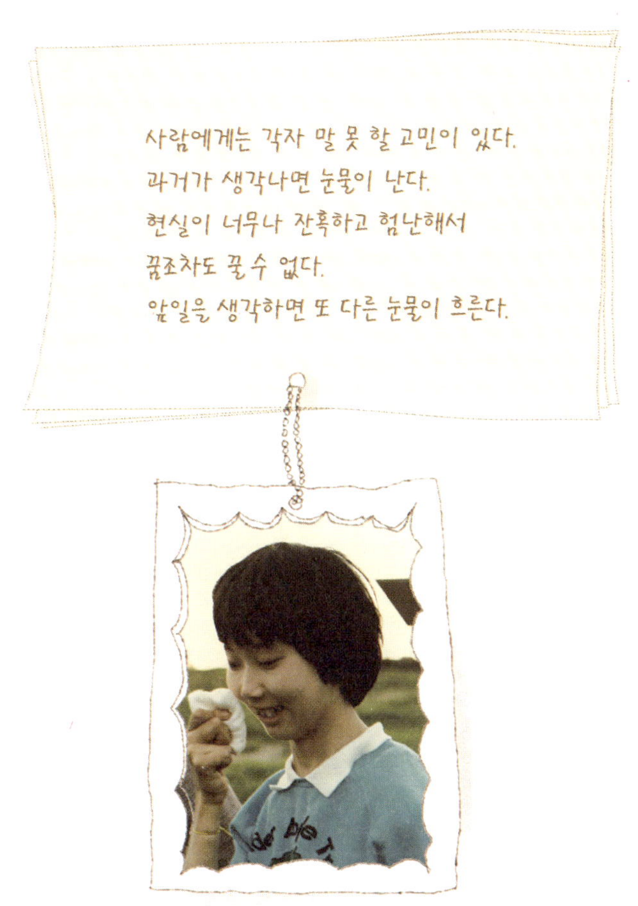

안녕, 아야

글_키토 시오카(아야의 어머니)

생명의 끈을 놓지 않은 아야

"어머니, 빨리 와 주십시오!"

전화를 받고 나서, 어디를 어떻게 달렸는지 기억나지 않을 정도로 한달음에 병원으로 달려갔다.

침대 옆에 있는 의사와 간호사를 헤치며 아야 곁으로 갔다.

"어떻게 된 거야."

아야는 딸꾹딸꾹 하며 딸꾹질 같은 호흡을 하다가 내 얼굴을 보고 싱긋 웃는다.

"아, 잘됐다. 살아 있어서."

나도 모르게 아야를 껴안았다.

가래가 목에 걸려서 괴로워하고 있는 것을, 같은 병실의 환자가 발견하고 간호사에게 알려 줘서 응급처치를 받고 목숨을 건졌다고 한다.

　아야의 병은 열이 나거나 음식이 목에 걸리는 사소한 증상으로 계단을 한 칸씩 굴러떨어지듯 악화되어 왔다. 요즘에는 아야의 필체가 읽기 어려울 정도로 어지럽다. 그래도 살기 위해서 글을 쓰고 싶다는 아야의 굳센 마음만은 조금도 누그러지지 않았다.

　생각대로 움직여 주지 않는 손에 매직을 움켜쥐고 스케치북에 글쓰기를 계속했다.

　이제는 그것조차 할 수 없게 된 아야이지만, 지금도 병마와 싸워 가며 마음속으로 끊임없이 글을 쓰고 있으리라.

아야, 하늘나라로 떠나다

25살 10개월. 너무나도 짧았던 인생에 마침표가 찍혔습니다.

의식불명.

호흡 정지.

한순간에 닥친 이 위기에도 아야의 심장은 '아직 힘내자! 멈추면 안 돼!'라며 필사적으로 움직이고 있었습니다.

인공호흡기로 체내에 산소를 보내며 겨우 생명을 유지하고 있었지만 아야는 새근새근 잠든 것 같은 편안한 얼굴이었습니다.

반짝 눈을 뜨고 웃어 주었으면……. 한 번만 더 눈과 눈으로 이야기할 수 있었으면…….

"아야, 엄마 얼굴 좀 보렴. 엄마 손이 따뜻한 게 느껴지니?"

증상으로 보면, 아무리 간절히 원해도 이루어질 수 없는 일이라는 걸 알고 있지만, 지금까지도 몇 번이나 고비를 넘겨 왔잖니. 이건 너무 잔혹하잖니. 너무 불쌍해서 이대로는 보낼 수 없어. 너무 슬퍼!

아야, 만약 이제 이별의 시간이 다가온 거라면 마지막 인사를 해야 하잖아. 응? 아야, 엄마 말이 들리니?

그렇지만 아야는 아무리 불러도, 만져 봐도 반응하지 않았습니다.

아빠도, 동생들도, 나도, 그냥 지켜만 볼 뿐, 그 무엇도 해 줄 수가 없구나. 아야의 고통을 조금이나마 나눠서 질 수 없다는 것이 너무나 괴로워. 엄만 몸을 쥐어짜는 듯 괴롭고 슬프단다.

혈압이 떨어지기 시작하고, 맥박도 힘을 다한 듯 느려지기 시작했습니다. 이 세상에서 아야와의 이별이 가까워졌다는 걸 직감하고 마음을 다잡았습니다.

아야는 어떤 모습으로 죽음을 맞이하길 바랐을까?

머리맡에 있던 아야가 즐겨 듣던 라디오 카세트를 켰습니다.

한밤중에 엄마, 아빠, 동생들이 지켜보는 가운에 다른 병실에 폐가 되지 않도록 조용히 틀어 놓은 라디오의 클래식 음악을 들으며 아야의 심전도는 물결 모양에서 일직선이 되었습니다.

  '아름답게 핀 융단 같은 꽃밭 위에서 좋아하는 음악을 들으며, 잠자듯이 떠나면 좋겠어…….'
  건강했을 때 그 아이가 불쑥 내뱉은 말이 떠올랐습니다.

    1988년 5월 23일 오전 0시 55분.
    아야는 그렇게 하늘나라로 떠났습니다.

아야가 짊어져야 했던 슬픈 운명, 척수소뇌변성증

우리 인간의 뇌에는 약 100억~150억 개의 신경세포가 있다. 이들 신경세포는 수많은 영역으로 나뉘어 운동할 때 몸을 움직이게 한다든지, 보고 듣는 것을 느끼게 한다든지 하는, 각자의 구실을 하면서 인간이 사는 동안 끊임없이 활동한다.

아야에게 발병하여 스물다섯이란 꽃다운 나이에 하늘나라로 데려간 '척수소뇌변성증'은 이 같은 신경세포의 영역 중에서 운동 조절을 담당하는 소뇌, 뇌간, 척수의 신경세포에 퇴행성 변화가 오는 희귀병이다.

이 신경세포는 뇌의 다른 영역이나 신체 각 부위의 움직임,

감각 정보를 모아 우리 몸이 적절하게 반응하도록 돕는 오케스트라의 지휘자와 비슷한 구실을 한다. 따라서 이 병이 발병하면 신체 곳곳의 운동 능력에 문제가 생기고 결국엔 목숨을 잃는다. 보통 십 대 후반 이상의 성인에게 발병하나 6살 정도의 아동기에 발병하는 경우도 있다.

척수소뇌변성증은 증상에 따라 유전성과 산발성의 두 종류로 나뉘는데, 왜 갑자기 신경세포에 퇴행성 변화가 찾아와 운동 능력을 상실하는지 원인은 명확하게 밝혀지지 않았다.

척수소뇌변성증의 증상

몸이 흔들흔들하는 것이 이 병의 초기 증상이다. 초기에는 흔들거리는 정도가 약하지만 병이 진행될수록 마치 술에 취한 것처럼 비틀거리며 걷고, 결국엔 일어서지도 못하게 된다. 보행 능력뿐 아니라 눈이 침침해져서 사물이 흔들려 보이거나 이중으로 보이기도 한다. 또 혀가 꼬여 말을 제대로 못 하게 되고, 오줌이 잘 나오지 않아 화장실에 갔다 와도 소변이 남아 있는 듯 뒤가 개운하지 않다.

손이나 손가락도 마음대로 움직이지 않아서 글씨를 쓰기 어려워지고, 써 놓은 글자도 알아볼 수 없게 된다. 숟가락과 젓가락을 사용하는 것도 어렵고, 누가 먹여 줘도 음식물을 삼키는 데 오랜 시간이 걸리며 음식물을 넘기다가 사레들리는 일도 잦다.

지적 능력에는 아무 영향을 미치지 않지만 병이 진행될수록 이런 증상들이 심해지면 결국 온종일 누워서 생활해야 한다. 그래서 환자에게 욕창이 생기거나, 음식물이 기관지로 잘못 들어가 폐렴을 일으키거나, 방광에 남은 소변에 세균이 번식하여 방광염이나 신장염을 일으키는 등 여러 가지 2차 합병증이 생긴다.

치료 방법

아직까지 정확한 발병 원인이 밝혀지지 않아 뚜렷한 치료 방법은 개발되지 않았다. 증상을 완화하거나 병의 진행을 늦추기 위한 약물 치료, 2차 합병증 치료 등을 할 뿐이다.

지금까지 진행된 연구에 따르면, 소뇌의 신경세포를 독성으로부터 보호하는 항산화제가 신경 손상을 막는 효과가 있고, 더러 비타민 E에 치료 반응을 보인다고 하지만 아직 치료약 개발은 시작 단계에 불과하다.

한 가지 다행인 사실은, 일본의 한 연구팀이 병을 일으키는 유전자 이상을 확인했다는 논문을 발표하는 등 유전자 치료나 신경 줄기세포 대체요법 같은 연구가 활발히 진행되고 있다는 점이다.

아야를 만나러 가는 길에 나를 만나다

아야의 어머니인 키토 시오카 씨를 만나는 일은 쉽지 않았다.《1리터의 눈물》을 출간한 일본의 출판사에 수차례 문의했지만, 저자 정보는 알려 줄 수 없다는 대답만 돌아왔다. 전자우편을 사용하지 않으시며 강연 등으로 지방에 가 계셔서 만나기가 쉽지 않다는 정보만 어렵게 얻었다.

그러던 중에 주소를 하나 입수해 설레는 마음으로 확인해 봤지만 어쩐 일인지 지도에 나와 있지 않았다. 하지만 주소가 가리키는 곳이 아야가 생전에 살았던 동네라는 사실에 한 가닥 희망을 걸고 《1리터의 눈물》 한 권과 함께 신칸센에 몸을 실었다.

네 시간을 달려 도착한 마을. 하지만 그곳 지도에도 내가 가지고 간 주소는 나와 있지 않았다. 두 다리에서 힘이 쭉 빠졌다. 그렇다고 여기까지 와서 포기할 수는 없었다. 일단 비슷한 번지까지 찾아가서 한 집 한 집 문패와 주소를 확인하기 시작했다. 그러다 짧은 초겨울 해가 넘어갈 무렵, 작지만 정갈한 정원이 딸린 2층집 앞에서 키토라고 적힌 문패를 발견했다. 막차 시간까지는 겨우 한 시간 정도 남았다. 어떻게 해야 하나 망설이며 서 있는데 차가운 바람이 불어왔다.

안에 계실까? 계시다면 문은 열어 주실까? 문을 열어 주시면 뭐라고 말해야 하나? 이런저런 생각으로 망설이다 나도 모르게 초인종을 눌렀다. 조용했다.

다시 초인종을 눌러 보았지만 아무 인기척도 없었다. 뾰족한 수가 없어 그만 돌아서려 했다.

"누구세요?"

그 순간 인터폰에서 소리가 들렸다. 바로 키토 시오카 씨의 목소리라는 걸 직감했다.

잔뜩 긴장한 내가 무슨 말을 했는지 잘 기억나지 않는다.

"점심 때부터 집을 찾아다녔습니다. 저는 한국 사람이고, 곧 막차를 타야 하는데 뵙지 못하더라도 여기까지 온 걸 추억으로 삼고 싶었고, 연락하고 찾아오려 했는데 담당 편집자가 전화하기를 망설여서, 이상한 사람은 아니고, ……(횡설수설)……."

"저런, 나한테 왜 전화를 안 걸어 줬을까. 도대체 몇 시간이나 헤매고 다닌 게야."

어느새 난 키토 씨 댁 거실에 앉아 있었다.

기차 시간까지 여유가 얼마 없어 많은 이야기를 나누지

못해 안타까웠지만, 다음을 기약하고 집을 나섰다.

　다행히 우여곡절을 거친 첫 만남이 좋은 인연으로 이어져 나는 지금도 시간이 나면 종종 키토 씨를 찾아간다. 도쿄에 갔다가 짬을 내 들르기도 하고, 지방 강연장으로 찾아뵙기도 한다. 일흔이 넘은 나이에도 일본 방방곡곡을 다니면서 '부모의 사랑, 장애인의 인권, 삶과 사랑'을 설파하느라 늘 바쁘게 지내는 분이기에, 무턱대고 찾아갔던 그날의 만남은 운명처럼 느껴진다.

　키토 씨는 아야의 일기장과 유품, 사진을 모아 커다란 가방에 따로 보관하고 계신다. 하루는 그 가방을 들었다 놓으시며 "나도 아직 이 정도는 들 수 있지?" 하고 웃으셨다. 지진이 많은 일본의 가정에서는 비상시에 가지고 대피할 피난 가방을 만들어 놓곤 하는데, 이게 키토 씨의 피난가방이라니…….

“만약의 사태가 생기더라도 절대로 이것들만은 잃을 수
없어.”

그 가방 안에 담긴 아야의 소중한 이야기가 더 많은 한
국의 젊은이와 부모에게 전해지면 좋겠다는 키토 씨. 키
토 씨와 함께 아야의 사진과 글을 정리하는 동안 ‘인간이
태어나고 살고 죽는 것’ 그 당연한 ‘삶’의 의미를 이야기하
는 아야의 목소리가 생생하게 들리는 듯했다.

키토 씨의 믿음과 사랑이 아야의 삶을 풍요롭게 만든 것
처럼 아야도 키토 씨의 가슴속에 살아남아 자신의 목소리를
세상에 전하고 있었다. 그 사랑과 믿음이 이렇게 멀리에서
뜬금없이 찾아온 나 같은 사람에게도 전달되는 것이리라.

사람과 사람의 만남이 억만 겁의 인연이라고 하면, 《1리
터의 눈물》이라는 책과 나의 만남은 과연 몇 억 겁의 인연
일까? 그리고 이 책을 통해 만난 키토 씨와의 인연은 또 얼
마나 많은 겁을 넘어 만들어진 인연이었을까? 또 부모와 자

식의 인연은 얼마나 헤아릴 수 없을 만큼 깊은 인연일까?

지난겨울《1리터의 눈물》과 함께 한 여행은 단순히 수백만 명의 독자를 울리고 감동시킨 베스트셀러 작가를 만나러 간 것도, 유명한 일본 드라마의 원작자를 만나러 간 것도 아니었다.《1리터의 눈물》과 만나고 키토 씨를 찾아 떠났던 그 여행길은 나와 같은 해에 태어난 아야라는 한 소녀가 살다 간 삶의 궤적을 좇는 동시에 나는 얼마나 세상을 도우며 살고 있는지를 돌아보는 성찰의 길이었다.

《1리터의 눈물》로 시작된 여행이 나에게 귀중한 인연을 만들어 주었듯이, 이 책을 통해 많은 이들이 아름다운 영혼과 만나게 되길 바란다.

정원민

엄마와 갓 태어난 아야

유치원 학예회

내 젊은 날의 시작을 소중히 여겨야겠다.

초등학교 운동회, 기마전 하는 모습

중학교 3학년, 발병 후 동생들과 함께 한 운동회

양호학교 2학년, 문화제에서 춤추는 아야

넘어지면 어때 다시 일어나면 되잖아

양호학교 체육대회, 달리기 시합에서 시간을 재는 아야

양호학교 수학여행, 비둘기와 함께

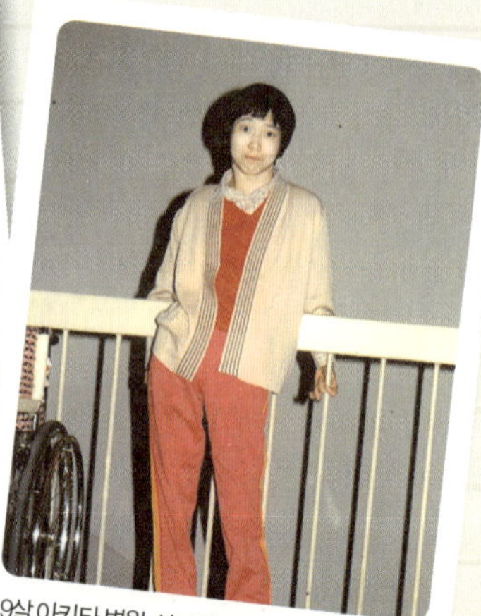

19살 아키타 병원 서서 찍은 아야의 마지막 사진

하나님은 나에게 장애를 내리셨다.
이를 견뎌 낼 힘이 있다고 믿으시기 때문에.

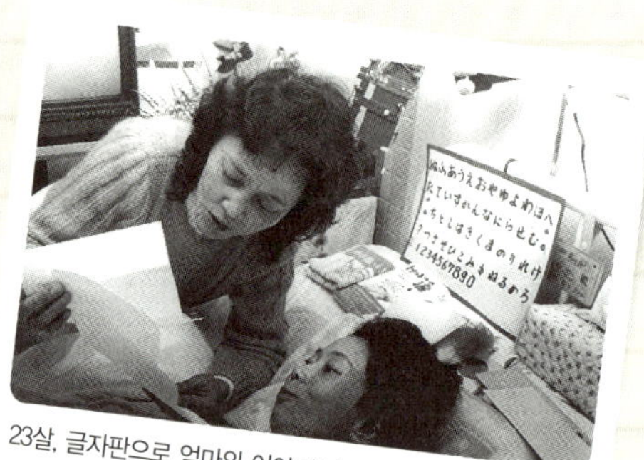

23살, 글자판으로 엄마와 이야기 나누는 아야

25살, 꽃으로 장식한 아야의 영정

고. 맙. 습. 니. 다

10년간의 투병생활을 기록한 40권이 넘는 일기장